EIN HELD FÜR JAYME

Delta Team Zwei, Buch 4

SUSAN STOKER

Besuchen Sie Susan im Netz!
www.stokeraces.com
facebook.com/authorsusanstoker
twitter.com/Susan_Stoker
bookbub.com/authors/susan-stoker
instagram.com/authorsusanstoker
Email: Susan@StokerAces.com

Die Rettung von Kassie

Die Rettung von Bryn

Die Rettung von Casey

Die Rettung von Wendy

Die Rettung von Sadie

Die Rettung von Mary

Die Rettung von Macie

Die Rettung von Annie (8 Feb 2022)

Mountain Mercenaries:

Die Befreiung von Allye

Die Befreiung von Chloe

Die Befreiung von Morgan

Die Befreiung von Harlow

Die Befreiung von Everly (1 Nov 2022)

Die Befreiung von Zara (1 Feb 2022)

Die Befreiung von Raven (1 Apr 2022)

Ace Security Reihe:

Anspruch auf Grace

Anspruch auf Alexis

Anspruch auf Bailey

Anspruch auf Felicity

Anspruch auf Sarah

SEALs of Protection:

Die SEALs von Hawaii:

KAPITEL EINS

»Du bist heute komisch drauf, Omi, ist alles in
Ordnung?«, fragte Jayme Caldwell und sah ihre
Großmutter misstrauisch an. Winnie Morrison war
einer ihrer absoluten Lieblingsmenschen. Sie war
inzwischen einundneunzig Jahre alt, verhielt sich
aber, als wäre sie dreißig Jahre jünger. Sie mischte
sich gern in die Angelegenheiten anderer ein, aber
es fiel einem schwer, deswegen sauer auf sie zu sein,
weil sie immer nur die allerbesten Absichten hatte.
Sie traf selten neue Leute, aber es war ganz ihr Stil,
diesen Fremden einfach mal zum Abendessen
einzuladen.

Jayme war nach Killeen in Texas zu ihrer Großmutter gezogen, um hier in Ruhe darüber nachzudenken, was sie mit ihrem Leben machen wollte. In

Seattle hatte sie sich ihr perfektes Leben aufgebaut – zumindest hatte sie das geglaubt. Doch es hatte nicht funktioniert. Und das war der Grund, warum sie sich nun eine Auszeit nehmen und über ihre Ziele nachdenken wollte.

»Alles in Ordnung«, sagte Winnie und wich Jaymes Blick aus.

Jayme seufzte und beschloss, die Sache nicht weiter zu verfolgen. Sie würde sicherlich bald erfahren, warum ihre Großmutter sich so seltsam verhielt. Sie starrte immer wieder auf ihr Handy und lächelte. Jayme hatte ihr anderthalb Jahre zuvor ein iPhone gekauft, sodass Winnie mit der restlichen Familie in Kontakt bleiben konnte. Inzwischen war sie schlimmer als jeder Teenager: Sie musste ständig nachschauen, ob sie neue Nachrichten bekommen hatte, und war die Erste, die vermeintlich witzige Videos an alle ihre Freundinnen schickte.

»Essen wir um achtzehn Uhr zu Abend?«, fragte Winnie.

»Jup. Warum, hast du eine heiße Verabredung?«, stichelte Jayme. Sie hatte angeboten, das Abendessen für ihre Großmutter vorzubereiten. Sie liebte es zu kochen, hatte aber in letzter Zeit wenig Muse gehabt, sich um ein schönes Menü zu kümmern. Aber heute Abend war es so weit. Sie hatte einen

Caesar Salad mit selbstgemachtem Dressing, Spinat-Artischocken-Dip mit Crackern, Hühnchen-Pasta-Käse-Auflauf und ihre Spezialität, einen Käsekuchen, vorbereitet. Und weil sie schon so in Fahrt war, hatte sie auch noch ein Laib Bananenbrot gemacht und ebenfalls an Winnies Lieblingsleckerei gedacht: Erdnussbutter-Kekse.

Backen machte Jayme glücklich. Dabei war die Welt in Ordnung, auch wenn im Moment alles um sie herum in der Schwebe hing. Solange sie in der Küche stand, war Jayme in der Lage, den Stress der letzten Wochen zur Seite zu schieben. Solange sie beschäftigt war, konnte sie vergessen, warum sie nach Texas zu ihrer Großmutter gezogen war.

»Das riecht ja ganz wunderbar«, sagte Winnie zu ihr und stellte sich neben Jayme, um ihr den Arm um die Schulter zu legen. Jayme war mit ihren ein Meter fünfundsechzig nicht sonderlich groß, aber überragte ihre Großmutter dennoch. Winnie war gerade einmal einen Meter dreiundfünfzig groß. Aber was ihr an Körpergröße fehlte, machte sie mit ihrer strahlenden Persönlichkeit wett.

»Vielen Dank«, sagte Jayme und lief vor Stolz rot an. Es war ihr immer eine Freude, andere zu bekochen. Das befriedigte etwas tief in ihr.

»Willst du dich noch schnell hübsch machen?«, fragte Winnie sie.

»Hübsch machen?«, entgegnete Jayme verwirrt und sah an sich herunter. Sie hatte eine Jeans und ein T-Shirt an. Die Küchenschürze, die sie darüber trug, war mit Mehl und Teigresten verschmiert. Sie war sicherlich nicht die ordentlichste Bäckerin, aber bis jetzt hatte sich noch nie jemand beschwert, nachdem sie den ersten Bissen ihrer Leckereien probiert hatten.

»Ja. Wie wäre es denn mit dem Sommerkleid, das du getragen hast, als du hier ankamst? Das sieht so süß und hübsch aus.«

Jayme runzelte die Stirn. »Aber wir sind doch unter uns. Warum sollte ich mich da umziehen?«

Ihre Großmutter zuckte mit den Schultern. »Ich weiß nicht, warum nicht? Ich habe mir auch mein Lieblingskleid angezogen.«

Jayme nickte. Sie wollte ihre Oma nicht fragen, warum sie sich so aufgebrezelt hatte. Ihre Großmutter war schon immer ein exzentrischer Mensch gewesen. Es wäre sicherlich keine schlechte Idee, sich umzuziehen. Sie hatte über die Jahre gelernt, dass es oft einfacher war, ihrer Großmutter zuzustimmen, als mit ihr zu diskutieren.

Sie rieb sich die Hände mit einem Küchentuch

trocken und ging zu der Treppe, die in ihr Schlafzimmer führte. Winnies Haus war nicht das größte,
aber für sie war es mehr als ausreichend. Sie hatte
eine Putzfrau, die einmal in der Woche vorbeikam
und beim Saubermachen half. Winnie hatte mehr
als einmal gesagt, dass sie kein größeres Haus
bräuchte. Sie hatte gezwinkert und gesagt, dass sie
nach einem Umzug nicht mehr in den Genuss
kommen würde, ihrem gut aussehenden Soldaten-
Nachbarn beim Rasenmähen zuzusehen.

Jayme schüttelte den Kopf, während sie das T-
Shirt und die Hose auszog. Ihre Großmutter war ein
richtiger Scherzkeks und sie konnte sich gar nicht
vorstellen, wie eine Welt ohne Winnie aussehen
würde. Niemand verstand sie so wie ihre Oma. Nicht
einmal ihre Eltern.

Jayme hatte versucht, ihrer Mutter zu erklären,
wie sie sich nach den Vorfällen in Seattle fühlte,
aber ihre Mutter hatte die Tragweite der Situation
nicht verstanden.

Sie zog sich das rote Sommerkleid mit weißen
Punkten an und saß danach für einen Moment auf
der Bettkante und seufzte.

An die Bäckerei zu denken, von der sie geglaubt
hatte, dass es eines Tages ihre sein würde, war traurig. Über ein Jahrzehnt hatte sie im *Gingerbread*

House gearbeitet und jeden Tag alles gegeben. Ihr wurde mehrmals bestätigt, dass die Besitzerin die Bäckerei an sie verkaufen wollte, sobald sie in den Ruhestand ging. Claire war eine nette, alte Frau, die das Backen genauso liebte wie Jayme.

Aber vor drei Monaten hatte sie Jayme zur Seite genommen und ihr mitgeteilt, dass ihr Neffe die Bäckerei übernehmen würde.

Jayme schüttelte den Kopf, als wollte sie die Gedanken daran verscheuchen, wie schrecklich die letzten drei Monate gewesen waren. Dann stand sie auf und ging ins Badezimmer auf der anderen Seite des Flurs. Als sie ihre Reflexion im Spiegel sah, zuckte sie zusammen. Sie sah nicht gut aus. Ihre Wangen waren blass und sie hatte dunkle Ringe unter den Augen, die von Schlafmangel zeugten. Ihre hellbraunen Locken hatten sich zum großen Teil aus dem unordentlichen Dutt befreit, der ihr die Haare beim Backen aus dem Gesicht halten sollte.

Jayme griff nach der Bürste und kämmte sich schnell durch die Haare. Es war dick und die meiste Zeit nicht einfach zu bändigen. Die Haarspitzen waren so lang, dass sie bis auf ihre Brust reichten. Jayme war sich sicher, dass ihre Brüste zu groß für sie wirkten. Ihr Sommerkleid betonte ihre Kurven noch zusätzlich, womit Jayme sich etwas unwohl fühlte. Aber da sie an diesem Abend mit ihrer Groß-mutter allein sein würde, griff sie nicht nach dem Tuch, das sie sich normalerweise um die Schulter schlang, um ihre Kurven zu kaschieren.

Jayme stellte sich gerade hin und nahm einen tiefen Atemzug. Sie war vielleicht nicht bereit für den roten Teppich, aber sie musste doch zugeben, dass das Kleid ihr gut stand. Jayme arbeitete daran, ihr Selbstvertrauen zurückzugewinnen – auch, was ihr Aussehen betraf. Die Bäckerei zu verlieren hatte ihr einen ziemlichen Stoß versetzt. Sie war eine gute Bäckerin, eine gute Köchin und freute sich, viel Zeit mit ihrer Großmutter verbringen zu können.

Sie beschloss, kein Make-up aufzutragen – genug war genug –, und ging zurück zur Treppe. Sie wollte kontrollieren, wie sich der Auflauf im Ofen machte, und das Dressing in den Salat rühren. Der Geruch der frisch gebackenen Kekse hing im Haus und zauberte Jayme ein Lächeln aufs Gesicht, als sie die Küche betrat.

Dann blieb sie plötzlich wie angewurzelt stehen und blinzelte überrascht.

Ihre Großmutter stand in der Küche – zusammen mit einem Mann, den Jayme noch nie zuvor gesehen hatte.

»Ah, da bist du ja«, rief ihre Oma ihr fröhlich entgegen. »Komm rein; das hier ist Rocket.«

Rocket? Jayme war verwirrt, folgte aber höflich der Aufforderung ihrer Oma.

»Das ist Rocket Long. Ich habe ihn im Supermarkt getroffen und er hat mir freundlicherweise geholfen, meinen Einkauf im Kofferraum des Wagens zu verstauen. Er arbeitet auf dem Armee-Stützpunkt als Mechatroniker für Helikopter. Danach ist er ein paarmal vorbeigekommen, um zu sehen, ob ich Hilfe brauche.«

Jayme starrte den Mann an, der neben ihrer Großmutter stand, und musste sich am Riemen reißen, um nicht umzudrehen und davonzulaufen.

Er war wunderschön.

Er war sicherlich dreißig Zentimeter größer als sie, hatte schwarze Haare, die an den Schläfen schon ein paar graue Strähnen aufwiesen, und einen männlichen Stoppelbart. Seine vollen Lippen waren zu einem kleinen Grinsen verzogen. Er hatte breite Wangenknochen und schokoladenbraune Augen ... und er roch fantastisch. Nach Zitrone. Sie vermutete, dass der Duft entweder von seinem Shampoo oder seiner Seife stammte. Was auch immer es war, sie verspürte plötzlich den Drang, ihre Nase tief in seiner Halsbeuge zu vergraben und seinen Geruch einzuatmen.

»Ähm ... hi«, sagte Jayme schüchtern. Seine Schönheit raubte ihr die Sprache.

»Das ist meine Enkelin, Jayme Caldwell. Sie ist kürzlich von Seattle hierhergezogen. Und sie ist eine großartige Bäckerin. Warte nur, bis du ihre Leckereien probiert hast. Sie sind wahnsinnig gut.«

»Schön, dich kennenzulernen«, sagte Rocket und nickte ihr zu.

Jayme lächelte und fühlte sich zusehends unwohl. Sie hatte kein Problem damit, mit Fremden zu sprechen, wenn sie in der Bäckerei stand. Stundenlang konnte sie ihre Kunden beraten, die Inhaltsstoffe ihrer Backwaren erklären und Vorschläge machen. Aber im privaten Umfeld war sie schon immer eher introvertiert gewesen. Sie wusste einfach nicht, wie sie sich neuen Menschen gegenüber verhalten sollte.

Omas Handy meldete sich plötzlich. Winnie warf einen Blick auf den Bildschirm und runzelte dann die Stirn. »Oh je«, sagte sie.

»Was ist passiert?«, fragte Jayme besorgt.

»Nichts. Ich habe nur vergessen, dass ich Maude versprochen habe, heute mit ihr zum Bingo-Abend zu gehen. Sie ist schon da, um mich abzuholen. Es tut mir leid, meine Liebe. Rocket, würdest du hierbleiben und meiner Enkelin Gesellschaft leisten? Sie hat sich beim Kochen so viel Mühe gegeben und es wäre eine Schande, wenn das Essen nicht gegessen wird.«

Jayme lief rot an. Verdammt noch mal! Sie hatte doch gewusst, dass ihre Oma etwas ausheckte. Deshalb hatte sie so einen Wind um das Abendessen und ihr Sommerkleid gemacht. Winnie hatte das von langer Hand geplant. Niemals würde sie einen Bingo-Abend mit Maude einfach so vergessen. Winnie gehörte nicht zu den Vergesslichen. Sie war zwar alt, aber ihr Gehirn arbeitete so gut wie jedes andere.

»Na ja, ich –«

»Sie hat den ganzen Nachmittag lang das Essen vorbereitet«, unterbrach Winnie Rocket. »Ich bin gegen neun oder zehn zurück. Wartet nicht auf mich.«

Dann legte sie eine Hand auf Jaymes Oberarm und gab ihr einen Kuss auf die Wange. »Viel Spaß«, flüsterte sie, zwinkerte, drehte sich um und ging ohne einen Blick zurück zur Haustür.

Jayme presste die Lippen aufeinander und nahm einen tiefen Atemzug. Sie drehte sich zu dem Mann um, der in der Küche ihrer Großmutter stand. Er sah nicht so aus, als gehörte er hier hin, und wirkte in dem kleinen Raum riesengroß. Er lächelte sie an und erweichte Jayme fast sofort. Der Mann sah einfach zu gut aus.

»Du musst nicht bleiben, wenn du nicht willst«, sagte sie zu ihm. »Falls du Hunger hast, kann ich dir etwas von dem Essen einpacken. Es ist nicht das erste Mal, dass meine Oma mich reingelegt hat, also kann ich gut verstehen, wie du dich fühlen musst.«

»Kochst du so gut, wie Winnie behauptet?«, fragte Rocket.

Jayme war nicht eingebildet und sie gab nicht gern an. Aber sie wusste, dass sie eine gute Köchin und Bäckerin war. Sie zuckte mit den Schultern und sagte einfach: »Ja.«

»In diesem Falle würde ich gern dableiben und dein Essen probieren – wenn es dir nicht zu unangenehm ist, mit einem Fremden zu essen.«

KAPITEL ZWEI

Rocket sah die Frau vor ihm stumm an, während er mit angehaltenem Atem darauf wartete, dass sie auf seinen Vorschlag, zusammen zu essen, antwortete. Eigentlich hätte er sich aufregen sollen, weil Winnie diese Verabredung hinterlistig eingefädelt hatte. Sie hatte – wohl mit Absicht – vergessen zu erwähnen, dass ihre Enkelin in der Stadt war, als sie ihn letzte Woche zum Essen eingeladen hatte.

Er hatte Winnie vor ein paar Monaten im Supermarkt getroffen und sie hatten sich von Anfang an gut verstanden. Winnie hatte ihn an seine eigene, inzwischen verstorbene, Oma erinnert. Sie hatten Nummern ausgetauscht und seitdem war er ein paarmal vorbeigekommen, um nach Winnie zu sehen. Rocket vermisste seine eigene Oma sehr – und er musste zugeben, dass er etwas einsam war.

Er hatte versucht, eine Partnerin zu finden. Aber keine der Frauen, mit denen er sich getroffen hatte, schien Interesse an einer langfristigen Beziehung zu haben. Er hatte sich inzwischen in seinem Leben als Junggeselle eingerichtet, aber er musste zugeben, dass Winnies Lebensfreude ihn mitriss. Sie brachte ihn zum Lachen und es wirkte so, als würde sie seine Freundschaft ebenfalls zu schätzen wissen.

Seine letzte Beziehung mit einer Frau lag schon Jahre zurück. Und umso verlockender war das Angebot eines selbst gekochten Abendessens. Rocket konnte selbst nicht gut kochen. Er verhungerte nicht, dank seinem Grill und Fertiggerichten, aber er hatte in den letzten Jahren immer wieder feststellen müssen, dass seine Fähigkeiten in der Küche mehr als ausbaufähig waren.

Als er Winnies Haus betreten hatte, war ihm das Wasser im Mund zusammengelaufen. Der Duft, der aus der Küche wehte, war umwerfend. Sein Magen hatte gegrummelt und er musste lachen, als Winnie ihn daraufhin mit hochgezogenen Augenbrauen anschaute.

Er hatte wenig Lust, nun in sein einsames Haus zurückzugehen und sich ein Fertiggericht in die

Mikrowelle zu schieben. Er hoffe, dass Jayme einem gemeinsamen Abendessen zustimmen würde. Rocket wusste, dass er nicht sonderlich einladend aussah. Er war groß. Und breit. Er musste seine Kleidung in einem Laden einkaufen, der auf Übergrößen spezialisiert war.

Er steckte die Hände in seine Hosentaschen und versuchte, sich etwas kleiner zu machen. Die meiste Zeit ignorierte er die nervösen Blicke, die Fremde ihm zuwarfen. Er hatte sowieso wenig Interesse an sinnlosem Small Talk. Wenn die Leute vor ihm Angst hatten, bedeutete das auch, dass sie ihn nicht in unnötige Gespräche verwickelten.

Winnie war eine Ausnahme gewesen. Sie hatte sein Angebot, ihre Einkaufstüten zum Wagen zu tragen, sofort angenommen und fröhlich draufloserzählt, ohne sich darum zu kümmern, dass seine Antworten sehr einsilbig ausfielen. Ihre Enkelin schien nicht so gesprächig zu sein. Aber Rocket konnte erkennen, dass die beiden sich ähnlich sahen. Beide waren eher klein, hatten das gleiche, herzförmige Gesicht und Grübchen auf den Wangen, wenn sie lächelten. Er vermutete, dass Winnies Haare, bevor sie grau geworden waren, den gleichen hellen Braunton gehabt hatten wie Jaymes Locken.

Rocket musste sich anstrengen, um Jayme weiterhin in die Augen zu sehen – er musste immer wieder an ihre weiblichen Rundungen denken. Das rote Kleid, das sie trug, betonte ihre weiten Hüften und ihre Oberweite. Weil er ein großer Mann war, fühlte er sich zu Frauen hingezogen, die nicht zu zerbrechlich wirkten. Sie war so anziehend kurvig ... und seine Hände schrien danach herauszufinden, ob sich ihre Haut genauso sanft anfühlte, wie sie aussah. Ihr Kleid fiel ihr bis über die Knie. Für eine Sekunde musste er daran denken, wie es sich anfühlen würde, sich vor sie zu knien und mit seiner Hand langsam das Kleid nach oben zu streichen. Er konnte fast fühlen, wie seine Hand ihren Oberschenkel entlangglitt, während ihr ein stöhnender Atemzug entwich. Und während seine Hand sich langsam den Weg zu ihrer feuchten Muschi bahnte, würde er ihre Erregung riechen.

»Die Freunde meiner Großmutter sind auch meine Freunde«, sagte Jayme.

Und diese Stimme! Ihr Klang führte dazu, dass Rocket sich nach Dingen sehnte, die er noch nie gehabt hatte. Gemütliche Abende zu zweit in einem großen Doppelbett, lange Gespräche über Wichtiges und Unwichtiges bei einem gemeinsamen Abendessen mit Wein, ihre Stimme in seinem Ohr, während er sie langsam, aber sicher zum Orgasmus brachte.

Verdammt. Ganz offensichtlich hatte er zu viel Zeit allein verbracht. Er musste aufhören, an Sex zu denken – sonst würde Jayme seine Gedanken erahnen und ihn aus dem Haus werfen.

Die meisten Leute, die ihm begegneten, sahen seine Größe und seine großen Hände, die von Jahren der Arbeit mit ölverschmierten Teilen dunkel geworden waren. Und sie vermuteten im selben Moment, dass er nicht der Schlauste war. Aber Rocket besaß einen Masterabschluss in Betriebswirtschaftslehre. Er hatte ein Fernstudium absolviert, aber niemandem davon erzählt. Er hatte sich gelangweilt und nach einer neuen Herausforderung gesucht.

»Dein Essen riecht großartig«, sagte Rocket in einem Versuch, die Situation zu entspannen.

Sie lächelte und ihr Gesicht leuchtete auf. »Danke.«

»Was gibt's denn?« Rocket lief das Wasser im Mund zusammen, als sie das Menü herunterbetete. »Kann ich irgendwie helfen?«

»Du könntest vielleicht den Tisch decken?«, fragte Jayme.

Er atmete erleichtert auf, weil er nicht beim Kochen helfen musste, und nickte.

»Die Teller sind in den Küchenschränken da drüben, das Besteck in der Schublade hier.«

Rocket kam weiter in die Küche hinein und bemerkte plötzlich, wie klein der Raum eigentlich war. Er konnte Jaymes Parfüm riechen – oder war es ihre Creme oder ihr Shampoo? Sie roch nach Sonne, Kokosnuss und tropischen Blumen. Er fühlte, wie sich seine Männlichkeit in seiner Hose zu Wort meldete, und zwang sich, tief durchzuatmen. Er wollte nicht, dass sie sich unwohl fühlte.

Als er ihr näher kam, bemerkte er, wie viel kleiner sie war. Er und Winnie hatten über ihren Größenunterschied gelacht und inzwischen war er auch daran gewöhnt, dass er die meisten Menschen überragte. Aber als er Jayme so ansah, kam ihm der Gedanke, dass sie eigentlich ganz gut zusammenpassen könnten. Würde er sie umarmen, würde ihr Kopf an seiner Brust liegen.

Seine Muskeln spannten sich an, als er daran dachte, sie zu halten und sein Gesicht in ihren Haaren zu vergraben. Sie starke Anziehung, die er der Frau gegenüber verspürte, war geradezu angsteinflößend.

»Ist alles in Ordnung?«, fragte Jayme besorgt.

Rocket nickte. Er musste sich zusammenreißen. Ansonsten würde Jayme ihn als Vollidioten abstempeln und ihrer Großmutter von seinem komischen Verhalten erzählen. »Ich bin einfach hungrig, glaube ich«, sagte er mit einem Lächeln.

»Gut. Ich habe viel zu viel zu essen gemacht, wie immer. Damit ließe sich eine ganze Fußballmannschaft durchfüttern.«

Rocket griff nach den Tellern und begann, den Tisch zu decken, bevor er noch auf dumme Gedanken kam ... etwa, Jayme in den Arm zu nehmen.

»Es tut mir leid, dass Oma dich reingelegt hat«, sagte sie und spähte im Ofen nach dem Auflauf.

»Mir nicht«, sagte Rocket ehrlich. Als er zu ihr blickte, sah er, wie ihr Röte ins Gesicht stieg. Er konnte sich nicht erinnern, wann er das letzte Mal eine Frau gesehen hatte, die so rot anlief. »Winnie hat mir ein bisschen von dir erzählt. Es ist schön, dich persönlich kennenzulernen.«

Jayme rollte die Augen. »Natürlich hat sie das. Oma erzählt ihre Lebensgeschichte gern. Und meine damit auch.«

»Sie hatte nur gute Dinge über dich zu sagen«, versicherte Rocket ihr.

Jayme lächelte. »Manchmal macht sie mich

wahnsinnig, aber ich liebe sie. Ich weiß nicht, was ich getan hätte, wenn Omi mich nicht eingeladen hätte, für eine Weile zu ihr nach Texas zu ziehen.«

»Ist etwas passiert?«, fragte Rocket, der so viel wie möglich über Jayme erfahren wollte. Er holte gerade das Besteck aus der Schublade, während sie den Caesar Salad auf die Schüsseln verteilte.

Sie seufzte. »Das kann man so sagen.«

Rocket wollte ihr sagen, dass er ihr gern helfen würde, aber sie hatten sich gerade erst getroffen. Sie hatte keinen Grund, ihm von ihrem Leben zu erzählen oder seine Hilfe anzunehmen. »Ich weiß, dass wir uns kaum kennen ... aber mir wurde gesagt, dass ich ein guter Zuhörer bin.«

Er nahm ihr die Salatschüsseln ab und sie sah ihm einen langen Moment tief in die Augen. »Danke«, sagte sie schließlich sanft.

Rocket nickte. Zwar war er ein bisschen enttäuscht, dass sie ihm in diesem Moment noch nicht mehr erzählen wollte, aber er war nicht überrascht.

Die nächsten Minuten verbrachten sie damit, die Speisen auf dem Tisch zu verteilen. Rocket stand bereit, um den Stuhl für Jayme zurechtzurücken, als sie sich setzte, und sie dankte ihm leise.

»Das sieht großartig aus«, sagte Rocket bewundernd.

»Ach, das ist doch nichts Besonderes«, entgegnete Jayme etwas verlegen.

»Doch. Wahnsinnig gut sieht das aus. Ich kann mich nicht erinnern, wann ich das letzte Mal ein solch tolles selbst gekochtes Essen gesehen habe«, sagte Rocket zu ihr.

»Lass trotzdem noch etwas Platz im Bauch übrig, weil ich mir habe sagen lassen, dass mein Käsekuchen unwiderstehlich ist.«

Rocket stöhnte.

»Ich habe auch ein paar Erdnussbutter-Kekse für meine Oma gemacht, aber ich bin mir nicht sicher, ob sie die noch verdient hat. Ich glaube, ich gebe sie dir zum Mitnehmen.«

»Willst du mich heiraten?«, platzte es aus Rocket heraus.

Jayme lachte – und Rocket musste mit Schreck feststellen, dass er nur zur Hälfte scherzte. Er kannte die Frau nicht und wusste eigentlich nur, dass sie ein guter Koch war. Aber in ihrer Anwesenheit fühlte er sich geborgen. Glücklich. Angekommen.

»Fürs Erste könnte ich mich als deine persönliche Keksbäckerin anbieten«, antwortete sie.

»Einverstanden«, sagte Rocket, ohne zu zögern.

»Vielleicht solltest du erst mal probieren, bevor du zustimmst«, sagte sie mit einem kleinen Schulterzucken.

»Muss ich nicht. Was immer du zauberst, ist hundertmal besser als alles, was ich je zustande bekommen habe.«

»Du kochst nicht?«, fragte sie und nahm ihre Gabel in die Hand.

Rocket nahm sich ein Beispiel an ihr und füllte sich einen ersten Bissen Salat auf die Gabel. Er schluckte, bevor er ihr antwortete: »Nein. Gar nicht. Ich habe nicht einmal die Grundlagen gelernt, als ich ein Teenager war. Meine Mutter war nicht da und für meinen Vater bestand ein typisches Abendessen aus einem Toast mit Aufschnitt. Wenn genug Geld da war, gab's hin und wieder mal etwas vom Lieferservice.«

Anstatt ihn mit mitleidigem Blick anzusehen, schien Jaymes Neugier geweckt. »Und als Erwachsener hast du nie kochen gelernt?«

Rocket zuckte mit den Schultern. »Ich bin nach meinem Schulabschluss gleich zur Marine gegangen. Die nächste Zeit habe ich auf hoher See verbracht. Auf den Schiffen wurde immer für uns gekocht. Seit ich die Marine verlassen habe und als Mechatroniker bei einem Militär-Dienstleister arbeite, schlage ich mich mit Fertiggerichten und den örtlichen Lieferdiensten durch.«

»Omi hat gesagt, dass du Helikopter reparierst?«

Rocket nickte. Er mochte es eigentlich nicht, so viel über sich selbst zu reden, aber dieser Frau würde er alles erzählen, was sie wissen wollte. »Ja. Ich habe meinem Vater während meiner Schulzeit dabei geholfen, alte Autos zu reparieren, deshalb schien mir der Militärdienst der richtige nächste Schritt zu sein. Aber ich konnte mit dem Leben als Soldat nicht viel anfangen – nur die Arbeit mit den Maschinen faszinierte mich. Jetzt kann ich den Beruf ausüben, den ich liebe, aber ohne mich an die Regeln und Strukturen halten zu müssen, die bei der Marine galten.«

»Das klingt super«, sagte Jayme.

»Finde ich auch«, bestätigte Rocket und nickte, während er sich über den Auflauf hermachte. »Ernsthaft, ich habe noch nie so gut gegessen.«

»Danke«, sagte sie schüchtern.

»Wolltest du schon immer Köchin sein?«

»Nicht Köchin, aber Bäckerin«, verbesserte sie.

»Es gibt da einen Unterschied?«, fragte Rocket.

Sie musste kichern. »Ja. Sie machen unterschiedliche Produkte. Bäckerinnen machen Brot, Kekse, Kuchen, süße Stücke und andere Backwaren. Köche hingegen stellen ganze Menüs zusammen.«

Rocket sah auf seinen leeren Teller hinunter und dann wieder zu ihr auf. »Sieht aus, als wärst du beides.«

Sie lächelte. »Ja, ich koche sehr gern, aber ich liebe es zu backen.«

»Ich kann es nicht erwarten, die Kekse und deinen Kuchen zu probieren«, sagte Rocket.

Eine Stunde später, nachdem er vier der Kekse und zwei Stücke Kuchen heruntergeschlungen hatte, saß Rocket mit Jayme in Winnies Wohnzimmer. Sie hatte sich einen Tee gemacht und ihm einen Kaffee aufgesetzt. Er war satt und freute sich, mit ihr gemütlich zusammenzusitzen und zu reden. Sie war die interessanteste Frau, die er je getroffen hatte.

»Du hast noch gar nicht erzählt, wie es dich nach Texas verschlagen hat«, fing er an, weil er unbedingt mehr über sie erfahren wollte.

Sie zuckte mit den Schultern und musterte die Teetasse, die sie in den Händen hielt. »Das ist keine sonderlich interessante Geschichte.«

»Finde ich schon«, erwiderte er.

»Warum?«

Eine gute Frage. Er lehnte sich langsam vor und

stellte seine Kaffeetasse auf den Wohnzimmertisch, während er darauf wartete, dass Jayme ihn ansah. Als ihre Blicke sich trafen, sagte er: »Von diesem Abend habe ich erwartet, dass ich mit Winnie essen und dann wieder in mein einsames Haus zurückkehren würde. Wie sonst auch jeden Abend. Ich stehe auf, gehe zur Arbeit, dann nach Hause, sehe fern und gehe dann schlafen ... und das jeden Tag. Ich habe nicht viele Freunde, weil die Leute wegen meiner Größe oft vorsichtig sind.

Du hast natürlich recht, sauer auf Winnie zu sein, weil sie uns heute Abend allein gelassen hat. Du hättest mir sagen können, dass du dich mit mir nicht wohlfühlst. Stattdessen hast du mir das beste Essen angeboten, das ich in den letzten Jahren gegessen habe, und hast mich trotz meiner Größe nicht anders behandelt als andere. Und du bist eine sehr hübsche Frau ... ich kann kaum glauben, dass du noch nicht verheiratet bist und Kinder hast. Die Männer in deinem Leben scheinen nicht sonderlich klug zu sein.

Ich will mehr über dich erfahren, Jayme. Ich weiß nicht, warum ich mich so zu dir hingezogen fühle – vielleicht liegt es daran, dass du mich bemitleidet und mich trotz der Umstände mit Essen versorgt hast. Du denkst sicherlich, dass ich etwas komisch bin. Aber ich wollte dir unbedingt sagen, was für einen schönen Abend ich bis jetzt hatte, bevor ich gehe. Und ich will dich fragen, ob du mal mit mir ausgehen willst. Also ja. Alles über dich interessiert mich brennend. Auch, wie du hier in Texas gelandet bist.«

Als er aufhörte zu reden, blieb sie stumm. Rocket schämte sich nach seiner Rede in Grund und Boden.

Er war ein Idiot. Er war in sozialen Situationen manchmal etwas ungelenk, genauso wie jetzt. Er neigte dazu, ungefiltert das zu sagen, was er dachte – was oft dazu führte, dass er sich blamierte.

Er machte sich immer mehr Vorwürfe, während er auf Jaymes Antwort wartete.

KAPITEL DREI

Jayme starrte den Mann an, mit dem sie sich im Wohnzimmer unterhielt. Er hatte es sich in dem Schaukelstuhl, den ihr Opa immer verwendet hatte, gemütlich gemacht. Er saß vorgebeugt mit den Ellbogen auf die Knie gestützt da und sah sie aufmerksam an.

Sie mochte es nicht, dass Leute ihn nur aufgrund seiner Größe schlecht behandelten. Interessanterweise hatte sie kein Problem mit ihm, obwohl er bestimmt dreißig Zentimeter größer und fünfundvierzig Kilogramm schwerer als sie war. Vielleicht lag es daran, dass ihre Großmutter ihm vertraute. Oder daran, dass er ihre Großmutter respektvoll behandelte.

»Es tut mir leid – jetzt fühlst du dich sicher

unwohl. Ich mache mich dann mal auf den Weg«, sagte Rocket, nachdem sie zu lange still geblieben war. Er verlagerte das Gewicht, um aufzustehen.

Jayme bewegte die Hand in seine Richtung, bevor sie darüber nachdenken konnte, was sie tat. Sie berührte seinen Oberschenkel kurz über dem Knie und er erstarrte, halb stehend, halb sitzend.

»Bleib ruhig da«, sagte sie schnell.

Rocket setzte sich langsam wieder in seinen Schaukelstuhl und Jayme konnte fühlen, wie sich die Muskeln unter ihren Händen bewegten. Sie leckte sich die Lippen, nahm ihre Hand von seinem Schenkel und griff wieder nach ihrer Teetasse.

Es war lange her, dass sie einen Mann so interessant gefunden hatte wie Rocket. Er war ganz anders als die anderen Männer, mit denen sie in der Vergangenheit ausgegangen war. Er wirkte weniger intellektuell. Stattdessen schien er freier, rauer. Aber gerade das mochte sie an ihm.

Sie schluckte schwer und sagte: »Ich war ein Idiot. Deshalb bin ich hier.«

»Das kann ich nicht glauben«, sagte Rocket, ohne zu zögern.

»Danke, aber das war ich. Ich habe in einer kleinen Bäckerei in Seattle gearbeitet – zehn Jahre lang. Die Besitzerin, Claire, war eine ältere Frau, die mich sehr an meine Großmutter erinnerte. Als ich anfing, im *Gingerbread House* zu arbeiten, war sie meine Mentorin. Sie brachte mir bei, was es bedeutete, ein Geschäft zu leiten. Wir trafen uns jeden Morgen um vier Uhr dreißig in der Bäckerei und verbrachten Stunden damit, zu backen und zu lachen. Sie kannte mich besser als jeder andere. Sie war wie eine zweite Mutter für mich.«

Jayme hielt inne und nahm einen Schluck von ihrem Tee; sie spürte, wie ihr Tränen in die Augen stiegen. Sie sollte wütend sein nach allem, was vorgefallen war, aber im Moment war sie einfach nur traurig.

Rocket drängte sie nicht weiterzuerzählen. Er wartete geduldig. Als Jayme zu ihm blickte, sah sie, dass er sie aufmerksam anschaute. Er sah nicht gelangweilt aus. Es war ein aufregendes Gefühl, dass ein Mann ihr seine ungeteilte Aufmerksamkeit schenkte.

»Aber mit den Jahren begannen die Dinge, sich langsam zu ändern. Claire kam immer später ins Geschäft. Ich übernahm immer mehr Aufgaben von ihr. Das störte mich aber nicht, weil ich glaubte, das Geschäft eines Tages übernehmen zu dürfen. Claire und ich hatten darüber geredet. Sie sagte mir, dass sie bald in Rente gehen und das Geschäft an mich verkaufen wolle.«

Jayme unterbrach sich wieder; ihre Kehle hatte sich zugeschnürt. Darüber nachzudenken, was passiert war, war noch genauso schmerzhaft wie vor drei Monaten. Eines Tages hatte Claire gesagt, dass sie mir ihr reden müsse.

Jayme fühlte, wie sich das Sofa unter ihr bewegte, und plötzlich saß Rocket neben ihr. Er nahm ihr die Teetasse aus der Hand und stellte sie auf den Wohnzimmertisch. Er nahm ihre Hände in die seinen und hielt sie sanft fest.

Sie konnte einen Zitronenduft riechen und würde wohl in Zukunft immer an diesen Mann denken, wenn sie eine Zitrone roch. »Es geht mir gut«, flüsterte sie.

»Lass dir Zeit«, sagte Rocket leise.

Es dauerte noch ein paar Minuten, bevor sie weitersprechen konnte. »Ich habe die meiste Arbeit in der Bäckerei gemacht. Ich betreute die Angestellten, kontrollierte die Lieferungen, kümmerte mich um das Backen am Morgen. Als Claire sagte, dass sie mit mir reden wolle, ging ich davon aus, dass sie beschlossen hatte, in Rente zu gehen und ich das Geschäft komplett übernehmen sollte. Aber stattdessen eröffnete sie mir, dass ihr Neffe den Laden übernehmen würde. Sie verkaufte das Geschäft an ihn.

Ich war schockiert. Ihr Neffe hatte die Bäckerei nur selten betreten in der ganzen Zeit, in der ich dort gearbeitet hatte. Sie entschuldige sich bei mir und sagte noch, dass sie mich gern als Managerin behalten wolle. Aber der Chef wäre von nun an ihr Neffe.

Das tat weh. Und wie. Ich habe zehn Jahre lang Schweiß, Blut und Tränen in diese Bäckerei investiert. Und von einem Moment auf den anderen war mein Traum vorbei. Aber ich wollte Claire nicht einfach verlassen. Ich habe es versucht. Wirklich. Aber ihr Neffe ist ein Idiot. Er interessierte sich kaum für die Bäckerei und die Stammkunden. Er dachte nur ans Geld. Schon kurz nach seinem Einstieg feuerte er Mitarbeiter. Und er wollte überall sparen, auch an unseren Zutaten. Die Backwaren, die wir seit Jahren anboten, verloren so ihren Charme, da wir nicht mehr unsere gewohnten Zutaten verwenden durften. Ich habe es nicht mehr ausgehalten und gekündigt.

Danach konnte ich nicht in Seattle bleiben, also habe ich Omi gefragt, ob ich für eine Weile bei ihr leben kann, bis ich herausgefunden habe, was ich mit meinem Leben anstellen will.«

»Das tut mir leid«, sagte Rocket.

Jayme wusste seine einfache Empathie zu schätzen. »Mir auch.«

»Vielleicht geht dieser Ratschlag viel zu weit, aber ich weiß jetzt, was für eine wunderbare Bäckerin du bist. Warum machst du nicht deine eigene Bäckerei auf?«

Jayme sah ihn nachdenklich an. Er hielt noch immer ihre Hände in den seinen und das war ihr ganz recht; sie wollte nicht, dass er losließ. »Ich habe darüber nachgedacht, aber es ist viel Arbeit.«

»Und das *Gingerbread House* zu leiten war nicht viel Arbeit?«, argumentierte Rocket. »Oft ist es so, dass die besten Dinge im Leben die sind, die man sich hart erarbeiten muss. Du hast erzählt, dass du die Bäckerei in Seattle allein am Laufen gehalten hast. Du hast die Mitarbeiter betreut, die Lieferungen und die Qualität der Waren überprüft ... du weißt schon sehr gut, wie schwer der Job ist und was er beinhaltet.«

Jayme biss sich auf die Lippen. Das stimmte. Sie hatte ihr Herz und ihre Seele in die Bäckerei in Seattle gesteckt. Und als sie ihr genommen wurde, hatte sie getrauert. Aber das war Monate her und langsam wurde ihr langweilig. Sie liebte ihre Oma, aber sie musste wieder etwas tun.

»Entschuldige, du hast darüber sicher auch schon nachgedacht«, sagte Rocket und der Griff um ihre Hände lockerte sich.

Jayme dagegen hielt seine Hände fester; sie wollte ihn nicht gehen lassen. »Ich glaube, ich habe einfach Angst. Was, wenn ich es nicht schaffe?«

»Dann findest du etwas anderes, das dir Spaß macht«, sagte Rocket einfach und ohne Bewertung. »Aber ich muss noch einmal sagen: Wenn deine Desserts immer so gut sind wie heute, dann hast du nichts zu befürchten. Ich glaube, dass du hier in Killeen großen Erfolg haben könntest. Hier gibt es viele Jungs wie mich – unfähig in der Küche und scharf auf Süßes –, die für selbst gebackene Süßigkeiten töten würden. Aber das gilt natürlich nicht nur für Männer – ich bin mir sicher, dass die Frauen genauso heiß auf deine Leckereien wären.«

Jayme schätzte sein Lob. »Ich habe ein paar Rezepte mit besonders wenig Kalorien.«

Rocket grinste, wurde dann aber schnell wieder ernst. »Es tut mir leid, dass deine Freundin dich so enttäuscht hat. Ich kenne diese Claire zwar nicht, aber ich bin mir sicher, dass sie es bereut, dass sie dich so hat abblitzen lassen. Ihr Neffe geht sicherlich nicht sehr pfleglich mit der Bäckerei um. Aber lass dich nur wegen dieses Vorfalls nicht von deinem

Traum abbringen. Du solltest ihr einfach dankbar sein, dass du lernen konntest, was du wissen musst, um dein eigenes Geschäft aufzumachen.«

Das stimmte. Jayme wusste noch immer nicht genau, wie sie die Situation bewerten sollte. Sie liebte Claire, aber war von ihrer Abweisung sehr verletzt gewesen. »Danke«, sagte sie sanft.

»Aber natürlich brauchst du einen coolen Namen für deine Bäckerei«, überlegte Rocket. »Wie wäre es mit *Pie in the Sky*?«

Jayme grinste und rümpfte die Nase.

»Nein? Wie wäre es mit *Holy Cannoli*?«

Sie lachte laut los. »Sicher nicht.«

»Okay, das ist vielleicht etwas daneben. Aber es muss ein Name sein, der nicht nur für Kekse, Kuchen oder Brot steht, also fallen Namen mit diesen Worten schon einmal weg. Du willst ja nicht, dass die Leute denken, dass es bei dir nur Kuchen oder nur Brot gibt. Aber auf der anderen Seite darf der Name nicht zu allgemein sein, weil die Leute sonst nicht verstehen, was du verkaufen willst.«

»Du weißt aber viel über Unternehmensgründungen«, fiel Jayme auf.

Rocket zuckte mit den Schultern. »Ich habe einen Masterabschluss in Betriebswirtschaftslehre. Dazu gehörte auch eine Vorlesung in Marketing.«

»Tatsache? Wirklich?«

»Ich weiß, von einem Mechatroniker erwartet man nicht, dass er einen Masterabschluss hat«, sagte er und zuckte entschuldigend mit den Schultern.

»Nein, das ist es nicht«, sagte Jayme schnell. Sie wollte nicht, dass Rocket dachte, sie würde seine Leistung nicht schätzen. »Es ist nur so, dass die meisten Leute nicht viel über die Wirtschaft und Unternehmen wissen. Ich habe versucht, mit Oma darüber zu reden, aber sie versteht nicht wirklich, wie viel Arbeit ein eigener Laden mit sich bringt. Sie meint es gut, ist aber überzeugt, dass es reicht, einfach ein paar gute Süßwaren zu backen, und dann verkaufen sie sich von selbst.«

»Einen eigenen Laden zu besitzen ist nicht einfach«, sagte Rocket. »Ich hätte gern mein eigenes Unternehmen gegründet, aber es gibt wenig Zivilisten, die Interesse an Helikopter-Reparaturen haben.«

Jayme kicherte. »Na ja, bevor wir nicht alle einen Heli in der Garage stehen haben, ist die Arbeit für eine Dienstleistungsfirma sicher die richtige Entscheidung.«

Er erwiderte ihr Lächeln. »Welche Namen würden dir für deine eigene Bäckerei gefallen? Sag mir nicht, dass du noch nicht darüber nachgedacht hast, das glaube ich nämlich nicht.«

Es war absurd, dieser Mann kannte sie so gut – und das, obwohl sie sich nur ein paar Stunden zuvor das erste Mal begegnet waren. »Aber du darfst nicht lachen«, sagte sie.

»Ich würde dich nie auslachen«, sagte er ernst.

Jayme glaubte ihm aufs Wort. Es war verrückt; Rocket sprach so ernsthaft über ihren Traum, dass sie fast selbst begann, daran zu glauben. »*Confection Connection*?«

Rocket rümpfte die Nase.

»Ja, das war nicht meine erste Wahl«, stimmte Jayme ihm zu. »Was denkst du über *Dream Puffs*? Oder *The Baker's Table*?«

»Besser, aber ich weiß nicht, ob diese Namen zu dir passen.«

»*Warm Delights*?«, fragte Jayme und hielt den Atem an. Das war einer ihrer Lieblingsnamen.

»*Warm Delights* ... das mag ich. Darunter kann man allerlei Leckereien verstehen, nicht nur Kekse und Kuchen. Und falls du jemals mehr verkaufen willst als nur Süßwaren, kannst du mit diesem Namen auch ein warmes Mittagessen oder etwas Ähnliches anbieten.«

Jayme strahlte. »Das dachte ich mir auch. Rocket ...«

»Ja?«

»Ich habe keine Angst vor dir.« Sie sah die Überraschung auf seinem Gesicht, während noch mehr Worte aus ihr herauspurzelten. Sie hatte über seine Rede nachgedacht und wollte – nein, *musste* – ihn wissen lassen, dass sie volles Vertrauen in ihn hatte. »Die meisten Männer, mit denen ich ausgegangen bin, haben nicht verstanden, dass das Backen meine Meditation ist. Meine Seele lebt in der Küche. Sie haben nicht verstanden, dass ich einen entspannten Abend lieber in der Küche am Ofen als in einem Musical oder im Kino verbringe. Ich war als Kind nicht ganz einfach; meine Großmutter erzählt mir immer wieder, dass ich meine Mutter ständig dazu gezwungen habe, mir das Kochen und Backen zu erklären. Ich habe die Küche sogar dem Spielen im Garten vorgezogen. Und nun kennst du meinen größten Traum: eine eigene Bäckerei zu besitzen. Und ich glaube nicht, dass du komisch bist.«

Jayme atmete schnell, als sie ihre kleine Rede beendet hatte. Sie hatte Angst gehabt, dass sie der Mut verließ, und hatte deshalb extraschnell gesprochen. Sie fühlte sich im Hintergrund sehr wohl und mochte es nicht, im Mittelpunkt zu stehen.

Rocket ihr Herz in dieser Weise auszuschütten war ihr nicht leichtgefallen. Aber das Lächeln in seinem Gesicht war es wert gewesen, ihre Angst zu überwinden und mit ihm über ihren Traum zu reden.

»Gut. Kann ich dich auf eine Verabredung einladen?«

»Das wäre schön«, sagte Jayme schüchtern. »Ich habe noch nicht viel von Killeen gesehen.«

Rocket grinste. »Ich würde gern den Stadtführer für dich spielen.«

»Super.«

»Super«, wiederholte er.

Dann überraschte er sie, indem er sich im Stuhl zurücklehnte, ohne ihre Hand loszulassen. »Ich könnte jetzt gehen, aber ich will Winnie ihre Freude gönnen, wenn sie merkt, dass wir uns gut verstehen und dass ihr Plan funktioniert hat.«

Jayme lachte. »Stimmt. Aber eigentlich hat sie verdient, enttäuscht zu werden und zumindest für eine Weile zu glauben, dass ihr Plan in die Hose ging.«

»Ist dir das so wichtig?«, fragte Rocket.

War es das? Nein. Sie liebte ihre Oma; ihr war es zwar ein bisschen peinlich, dass sie sie verkuppeln wollte, aber wenn die Dinge zwischen ihr und

Rocket gut liefen, dann konnte sie nicht wirklich böse auf ihre Oma sein. »Nein«, sagte sie zu ihm.

»Mir auch nicht. Hat Winnie denn Kabelfernsehen?«, fragte er skeptisch.

Jayme lachte. »Sie hat nicht nur Kabelfernsehen, sondern auch Netflix, Hulu, Amazon Prime und Apple TV.«

Rockets Augen weiteten sich. »Ernsthaft?«

»Jup. Sie behauptet, dass sie am Zahn der Zeit bleiben müsse, sonst gehöre sie ja sofort zum alten Eisen«, erklärte Jayme ihm.

»Deine Oma ist cooler als ich«, stellte Rocket trocken fest.

»Und ich«, stimmte Jayme ihm zu und griff nach der Fernbedienung, um den Fernseher anzuschalten.

Sie wusste nicht, wie viel Zeit vergangen war, während sie eine Serie über Rettungsflieger in Helikoptern anschauten. Irgendwann hörte Jayme Stimmen um sich herum und sie bemerkte, dass sie eingeschlafen sein musste.

Sie öffnete die Augen und sah, dass Rocket das Deckenlicht ausgeknipst hatte. Und irgendwie hatte sie es geschafft, sich an seine Seite zu kuscheln. Er hatte den Arm um sie gelegt und sie benutzte seine Schulter als Kissen. Er hatte eine Decke über ihr ausgebreitet und sie fühlte sich geborgen und sicher in seinen Armen.

Er bewegte sich neben ihr und Jayme fühlte, wie sie sanft auf die Sofakissen gebettet wurde. »Ich rufe dich morgen an«, flüsterte Rocket sanft.

Jayme nickte. Sie konnte ihre Augen kaum offen halten.

»Geh wieder schlafen«, sagte Rocket zu ihr. »Ich finde selbst raus.«

»Rocket?«

»Ja?«

»Ich hatte einen schönen Abend.«

»Ich auch.«

Sie fühlte warme Lippen auf ihrer Stirn, bevor sie spürte, wie er sich entfernte. Sie hörte noch einmal leise Stimmen, wahrscheinlich war es Rocket, der sich von ihrer Großmutter verabschiedete, dann hörte sie, wie ihre Oma in den Raum kam. Sie wusste, dass sie in ihr Schlafzimmer gehen sollte; deshalb setzte sie sich langsam auf. Sie behielt die Decke um sich geschlungen; sie roch noch immer nach Rocket.

»Sieht so aus, als hättet ihr einen schönen Abend gehabt«, sagte ihre Großmutter und grinste sie breit an.

»Hatten wir«, bestätigte Jayme. »Wie war das Bingo?«

»Nervig. Ich hasse dieses dämliche Spiel.«

»Warum gehst du dann immer noch hin?«

»Weil eben. Ich werde irgendwann einmal gewinnen, da bin ich mir sicher«, sagte ihre Großmutter.

Jayme konnte nur verzweifelt den Kopf schütteln.

»Rocket will dich also morgen anrufen?«

»Hast du schon mal etwas von ›Privatsphäre‹ gehört?«, fragte Jayme.

»Nein. Ihr habt euch also gut verstanden?«

»Ja, Oma, wir haben uns gut verstanden«, sagte Jayme zu ihr.

»Ich wusste es«, freute sich ihre Großmutter.

»Ja, aber noch sind wir nicht verlobt; immer langsam mit den jungen Pferden.«

Winnie warf den Kopf in den Nacken und lachte. »Noch nicht. Aber ich will dich auf jeden Fall zum Altar führen«, sagte ihre Großmutter.

Jayme konnte nur verzweifelt den Kopf schütteln. »Das ist so eine archaische Tradition.«

»Das ist mir egal. Dein Dad darf dich nicht zum Altar begleiten, weil ich ja diejenige gewesen bin, die dich und Rocket miteinander bekannt gemacht hat.

Ohne mich hättet ihr euch nie kennengelernt. Folgerichtig muss ich auch diejenige sein, die dich zum Altar führt.«

»Na gut. Falls, und nur *falls* wir heiraten, dann kannst du mich zum Altar führen. Bist du jetzt glücklich?«

»Und wie. Aber warte nicht zu lange. Ich werde schließlich nicht jünger«, warnte ihre Großmutter.

Ihre Großmutter benutzte diesen Spruch als Druckmittel, solange Jayme denken konnte. »Wir sind noch nicht einmal auf einer Verabredung gewesen, Oma. Es kann gut sein, dass wir uns gar nicht so gut verstehen.«

»Ach was. Es sah so aus, als würdet ihr beide euch sehr gut verstehen, als ich nach Hause gekommen bin.«

Jayme wusste, dass sie rot anlief.

»Hat dein Auflauf ihm geschmeckt?«

»Ja.«

»Und die Kekse, das Brot und dein Kuchen?«

»Ja.«

»Sehr gut. Siehst du? Liebe geht durch den Magen, vor allem bei Männern. Und Rocket kann nicht selbst kochen; wenn du ihn gut durchfütterst, dann hast du ihn schon fast in der Falle.«

»Ich will ihn aber nicht in der Falle haben«, sagte

Jayme leise. »Ich will einen Partner, der mich als Mensch zu schätzen weiß, nicht einen, der nur meine Kochkünste mag.«

»Du bist mit Herz und Seele Bäckerin«, sagte ihre Großmutter sanft. »Seit du einen Rührbesen halten kannst, interessierst du dich kaum für etwas anderes. Einen Partner zu finden, der diese Leidenschaft schätzt, ist kein Fehler. Du hast mir selbst gesagt, dass viele der Männer, mit denen du ausgegangen bist, diese Leidenschaft nicht nachvollziehen konnten. Ich hatte einfach ein gutes Gefühl, als ich Rocket kennenlernte. Er ist einsam. Und er ist keiner, der in die Disco geht und feiert. Er besitzt ein eigenes Haus, hat er dir das erzählt?«

»Nein«, sagte Jayme.

»Tut er. Er hat es vor einer Weile gekauft, weil er in einer ruhigen Gegend leben wollte. Er wollte nicht weiterhin in einem Mehrfamilienhaus in einer Wohnung wohnen, weil er nicht so eng an den Nachbarn leben wollte. Er hat die Küche und die Badezimmer renoviert, bestimmt auch in der Hoffnung, dass er irgendwann einmal Frauenbesuch empfangen kann.«

»Es gehört sich nicht, hinter ihrem Rücken über andere Leute zu sprechen«, wandte Jayme ein.

»Na gut. Ich will damit nur sagen, so, wie ich den

Mann kennengelernt habe, würdet ihr sehr gut zusammenpassen. Und ich kann meinen Instinkten meistens trauen. Gib ihm eine Chance, meine Liebe.«

»Er hat mich auf eine Verabredung eingeladen«, erzählte Jayme ihrer Oma.

Sie strahlte. »Gut. Und nun ab ins Bett; du brauchst deinen Schönheitsschlaf.«

Jayme hielt sich davon ab, die Augen zu rollen. »Ja, Ma'am.« Sie stand auf, die Decke noch immer um die Schultern gewickelt. Als sie auf halber Höhe der Treppe angekommen war, hörte sie, wie ihre Oma ihren Namen sagte. Sie drehte sich um und sah ihre Großmutter an.

»Ich liebe dich, Kind. Rocket ist ein guter Mann. Gib ihm eine Chance.«

»Werde ich«, sagte Jayme sanft.

Ihre Oma nickte und Jayme ging weiter die Treppe hinauf. Sie lag im Bett und starrte noch lange an die Decke. Es fühlte sich etwas komisch an, von ihrer Großmutter verkuppelt zu werden, aber sie konnte nicht leugnen, dass es zwischen Rocket und ihr gefunkt hatte.

Sie wusste zwar nicht, wie sich die Dinge zwischen ihnen weiterentwickeln würden, aber sie freute sich darauf, morgen mit ihm zu sprechen.

Und sie war froh, dass sie nach Texas gekommen war, um über die nächsten Schritte in ihrem Leben nachzudenken. Sie hatte nicht damit gerechnet, hier einen Mann zu treffen. Aber nun, da sie Rocket kennengelernt hatte, war sie nicht mehr allzu interessiert daran, sofort wieder in die weite Welt aufzubrechen.

Sie war lange nicht mehr so interessiert an einer Beziehung gewesen. Sie konnte es nicht erwarten herauszufinden, was die Zukunft bringen würde.

KAPITEL VIER

Rocket atmete tief ein und aus und versuchte, seinen Herzschlag zu beruhigen, während er zu Winnies Haus fuhr, um Jayme für eine weitere Verabredung abzuholen. In den letzten zwei Wochen hatten sie jeden Tag miteinander geredet und hatten sich dreimal gesehen. Er hätte sie gern noch öfter getroffen, aber die Arbeit war im Moment ziemlich anstrengend. Wegen der Situation im Ausland musste er viele Überstunden machen, um die Helikopter der Armee im allerbesten Zustand zu halten.

Aber diesen Nachmittag hatte er freibekommen und eine ziemlich extravagante Verabredung geplant. Er war sich nicht sicher, wie Jayme seine Pläne aufnehmen würde, aber er wollte nichts unversucht lassen.

Er hatte sie einmal zum Essen ausgeführt, aber ihr Gespräch war ein bisschen oberflächlich und bemüht geblieben. Er hatte einen schönen Abend gehabt, sich aber nicht vollständig entspannen können. Das war schade, denn er mochte Jayme sehr. Er wollte wissen, wo die Sache mit ihnen beiden hinführen könnte. Vor allem wollte er sie besser kennenlernen. Jayme war hübsch, praktisch veranlagt und mochte ihre Großmutter sehr. Er selbst hatte keine enge Beziehung zu seiner Familie, was mehr seine Schuld war als die seiner Eltern. Er war so sehr mit seinem eigenen Leben beschäftigt gewesen, dass er seine Eltern über Jahre hinweg kaum gesehen hatte.

Bei ihrer nächsten Verabredung hatte er Jayme mit dem Wagen durch Killeen gefahren, um ihr die Stadt zu zeigen. Dabei war er entspannter und auch Jayme schien sich wohler zu fühlen; es erinnerte ihn an den ersten Abend, als sie in Winnies Haus gegessen hatten. Zur dritten Verabredung hatte Rocket sie auf den Stützpunkt mitgenommen, ihr seinen Arbeitsplatz gezeigt und seine Kollegen vorgestellt.

Er hatte gemocht, wie bodenständig sie war und wie sie mit seinen Kollegen Witze machte und lachte. Sie hatte kein Problem damit gehabt, ihre ölverschmierten Hände zu schütteln.

Je mehr Rocket über Jayme erfuhr, desto mehr mochte er sie.

Er parkte vor Winnies Garage und stieg aus seinem alten Chevy Blazer aus. Der Wagen war zwar schon etwas betagt, aber er fuhr einwandfrei, dank seiner Fähigkeiten als Mechatroniker. Rocket nickte Winnies Nachbarn, Brain, eine Begrüßung zu. Der Mann wusch gerade den Wagen seiner Freundin, welcher vor seiner eigenen Garage geparkt war. Er und Aspen hatten sich eines Tages vorgestellt, als er Winnie besucht hatte. Es war gut zu wissen, dass ihre Nachbarn ebenfalls auf sie aufpassten.

Sie glaubte zwar, dass sie gut auf sich selbst aufpassen konnte, aber mit einundneunzig Jahren war sie nicht unverwundbar. Aspen hatte betont, wie froh sie war, dass Jayme bei Winnie eingezogen war, sodass auch sie ein Auge auf die alte Frau haben konnte.

Rocket ging zur Haustür und wollte gerade anklopfen, als die Tür sich wie von selbst öffnete.

»Hey«, sagte Jayme und lächelte ihn an.

Ihr Lächeln machte Rocket glücklich.

»Hi«, erwiderte er und lehnte sich zu ihr hinunter. Sanft griff er mit einer Hand nach ihrem Oberarm, dann gab er ihr einen federleichten Kuss auf die Wange.

Sie lief rot an, aber ihr Lächeln blieb breit.

»Bist du fertig?«, fragte er.

»Jup. Omi ist vor einer Stunde gegangen, sie ist zum Mittagessen verabredet. Sie wurde mit dem Seniorenbus abgeholt.«

Rocket nickte. »Ich finde es super, dass sie noch so viel unterwegs ist.«

Jayme rollte die Augen. »Würde sie es nicht tun, würde sie mir ganz schön auf die Nerven gehen. Sie braucht einfach ihren Klatsch und Tratsch. Warte kurz, ich muss noch meine Handtasche holen.« Sie ging ins Haus zurück und Rocket wartete geduldig vor der Tür. Er hatte den Nachmittag frei und vor zwei Wochen hätte er die Zeit noch damit verbracht, im Garten oder der Garage zu tüfteln oder an der alten Harley zu schrauben, die er vor einer Weile gekauft hatte.

Sie war in weniger als einer Minute zurück. Als sie sich umdrehte, um die Tür abzuschließen, konnte sich Rocket nicht helfen, er musste einmal mehr ihre schönen Kurven bewundern. Vor allem ihr Hintern war bemerkenswert. Er musste sich sehr zurückhalten, um nicht seine Hand nach ihr auszustrecken und ihn zu erkunden.

Sie drehte sich um und erwischte ihn dabei, wie er sie anstarrte. Anstatt wütend zu werden, musste sie kichern. »Du bist ein echter Kerl«, sagte sie.

Rocket zuckte mit den Schultern. »Schuldig.«

Ihre Wangen waren pink und Rocket wollte sie umso mehr. Er wusste, dass sie zweiunddreißig Jahre alt war, aber manchmal erinnerte sie ihn an einen naiven Teenager. Er mochte, dass sie nicht allzu erfahren wirkte und nicht mit ihrer Sexualität hausieren ging. Das musste sie gar nicht. Sie musste ihn nur anlächeln und er gehörte ganz ihr.

»Da wir jetzt schon auf dem Weg sind, würdest du mir endlich verraten, wo wir heute hingehen?«, fragte sie.

»Nein. Noch nicht«, antwortete Rocket und erfreute sich daran, sie noch ein bisschen auf die Folter zu spannen.

»Okay, aber du musst wissen, dass ich einen Käsekuchen auf der Anrichte in der Küche stehen habe, den ich heute Morgen frisch gemacht habe. Ich bin noch immer am Überlegen, ob du etwas davon abbekommst oder nicht.«

»Oh, du bist gemein«, sagte Rocket und legte sich verletzt die Hand auf die Brust, während er die Beifahrertür seines Wagens für Jayme öffnete.

Sie musste kichern. »Nein, du bist der Gemeine.

Ich versuche schon die ganze Zeit herauszufinden, wohin du mich entführen willst.«

»Ich dachte, dass Bäckerinnen geduldig sein müssen«, sagte Rocket und setzte sich auf den Fahrersitz seines Wagens.

»Ich nicht«, sagte Jayme zu ihm.

Rocket konnte sich nicht helfen – er streckte die Hand nach ihr aus und strich ihr über die Haare. Sie trug es meistens offen, was er mochte. Die dichten Locken fielen ihr bis über die Schultern und umrahmten ihre schön geformten Brüste. Sie hatte ein T-Shirt mit V-Ausschnitt an, das ein kleines bisschen Dekolleté zeigte. Ihre Jeans war eng anliegend und betonte ihre Figur.

Sein Verlangen, ihr das T-Shirt auszuziehen und langsam ihren Körper zu erkunden, war fast überwältigend. »Du musst dich nur noch ein kleines bisschen länger gedulden, meine neugierige Bäckerin, dann wirst du mit eigenen Augen sehen, was ich geplant habe. Aber falls es dir nicht gefällt, können wir natürlich auch etwas anderes unternehmen.«

Jayme legte den Kopf schief und schaute ihn nachdenklich an. »Du bist nervös«, erklärte sie dann.

Rocket zuckte mit den Schultern. »Ja.«

»Warum?«

»Ich will, dass du Spaß hast. Ich will dich beein-drucken. Auf jeden Fall will ich dir keine Angst einjagen.« Er seufzte. »Und ich bin nervös, weil ich dich sehr mag, Jayme. Ich will dich gern besser kennenlernen und noch auf viele Verabredungen mit dir gehen.«

Sie sah ihn einen langen Moment schweigend an, bevor sie sagte: »Du musst dir keine Sorgen machen, Rocket. Ich bin diejenige, die arbeitslos ist. Die sich von ihrer Großmutter durchfüttern lässt. Du bist ... du«, sie gestikulierte mit der Hand in seine Richtung, »und ich bin ich.« Sie zuckte mit den Schultern. »Jeder, der uns zusammen sieht, fragt sich sicher, warum du ausgerechnet mit mir ausgehst.«

»Falsch«, sagte Rocket sofort. »Sie sind wahr-scheinlich eifersüchtig, weil ich mit dir ausgehen darf und sie nicht. Jetzt aber, anschnallen bitte.« Er beendete das Gespräch, bevor er etwas Dummes sagte oder tat; zum Beispiel, sie zu küssen. Er fand es schade, dass sie so unsicher war. Falls irgendjemand in dieser aufblühenden Beziehung unsicher sein sollte, dann er. Er wusste ganz genau, dass er das große Los gezogen hatte. Aber er wusste auch, dass er sich sehr anstrengen musste, um Jayme zu behalten.

Nachdem er ausgeparkt hatte, sah er zu Jayme

hinüber. Sie sah ihn ebenfalls an und lächelte. »Was ist?«, fragte er.

»Nichts. Ich bin nur glücklich«, sagte sie. »Ich habe keine Ahnung, wo wir hinfahren oder was wir machen, aber ich kann mich in deiner Anwesenheit gut entspannen. Ich muss mir keine Sorgen darüber machen, wo wir hinwollen oder wie ich heimkomme; oder darüber, worüber wir reden können.«

Ohne nachzudenken, griff Rocket nach ihrer Hand und seufzte erleichtert, als sie, ohne zu zögern, ihre Finger um seine Hand schlang. »Du musst dir über diese Dinge keine Sorgen machen, wenn du mit mir unterwegs bist. Ich passe gut auf dich auf.«

»Ich weiß«, sagte Jayme leise. »Danke.«

Er drückte vorsichtig ihre Hand als Antwort.

Zehn Minuten später fuhren sie durch das Eingangstor von Fort Hood und steuerten die Lagerhalle an, in der er arbeitete.

»Hast du etwa vergessen, mir etwas zu zeigen, als wir das letzte Mal hier waren?«, fragte Jayme.

Rocket liebte es, dass sie seinen Plan noch nicht erahnt hatte. »Fast«, sagte er zu ihr. Er parkte seinen Wagen und nahm ihre Hand wieder in seine, als er sie zu einem der Helikopter führte, die vor der Halle auf dem Asphalt geparkt waren. Er hielt kurz vor der Maschine an und drehte sich zu ihr um. »Ich habe mir überlegt, dass wir heute mal einen Rundflug mit einem unserer Helis machen.«

Jaymes Augen weiteten sich. »Ernsthaft?«

»Ja. Einer der Piloten muss heute sowieso einen Testflug machen. Keine Angst, ich habe eine offizielle Erlaubnis, dich mitzunehmen, und da kann auch nichts passieren. Der Pilot muss nur einige der Änderungen ausprobieren, die wir am Motor vorgenommen haben. Ich würde dich nicht auf einen Flug mitnehmen, wenn ich mir nicht sicher wäre, dass nichts passieren kann.«

»Und du hast an dem Helikopter gearbeitet?«, fragte Jayme.

Rocket nickte. »Ja.«

»Dann bin ich sicher, dass es sicher ist«, sagte sie leise.

Dass sie ihm blind vertraute, ließ Rocket noch ein paar Zentimeter wachsen. »Wenn du nervös bist oder Angst hast, müssen wir nicht fliegen. Aber ich dachte, es wäre eine gute Chance, mehr von der Gegend zu sehen. Und ein kostenloser Flug mit dem Helikopter ist natürlich auch nicht von schlechten Eltern.«

»Ich bin noch nie mit einem Hubschrauber geflogen«, sagte Jayme zu ihm und musterte die Maschine. »Ich bin zwar nervös, aber auch aufgeregt.« Sie sah ihn an. »Vielen Dank. Das ist eine tolle Idee.«

Rocket entspannte sich. »Gefällt es dir?«

»Und wie«, sagte Jayme zu ihm. »Und der Käsekuchen, von dem ich vorhin gesprochen habe?«

»Ja?«

»Der gehört dir. Und du darfst auch von den Schokoladenkeksen und dem Schoko-Bananenbrot probieren, das ich für Omi gemacht habe.«

Rocket lachte leise. »Großartig. Aber du musst mich nicht ständig mit Leckereien versorgen. Ich mag dich auch ohne Bestechung.«

»Aber das möchte ich gern. Ich backe mehr, wenn ich glücklich bin. Und in den letzten paar Wochen war ich sehr glücklich.«

»Gut.« Rocket hätte sie in diesem Moment so gern geküsst. Tief und innig. Aber er wusste auch, dass die beiden Piloten des Helikopters zusahen. Und er wollte nicht, dass Jayme sich unwohl fühlte. Aber es fiel ihm sehr schwer, nichts zu tun, außer sie anzusehen und zu lächeln. »Also komm, ich bin gespannt, was du über deinen ersten Hubschrauberflug sagen wirst.«

Jayme konnte nicht aufhören zu grinsen. Sie konnte nicht glauben, dass Rocket sie zu einem Hubschrauberflug eingeladen hatte! Er hatte ihr geholfen, ihren Sitz zu finden und die Gurte anzulegen; seine Hände hatten verführerisch ihre Hüften gestreift, als er den Gurt um sie gelegt hatte. Ihre Beine hatten sich vor Überraschung wie von allein zusammengepresst.

Sie wollte diesen Mann. Und wie. Sie hatte nie zu den Menschen gehört, die unbedingt Sex haben müssen. Sie hatte immer gedacht, dass sie einen sehr geringen Sextrieb hatte. Aber seit sie Rocket getroffen hatte, konnte sie kaum an etwas anderes denken.

Er war ein großer Mann ... und sie vermutete, dass das für all seine Gliedmaßen galt. Eine Binsenweisheit besagte, dass man anhand der Hände und Füße eines Mannes die Größe seines besten Stücks abschätzen konnte. Wäre das wahr, dann würde sie wohl einige Probleme mit dem haben, was Rocket im Angebot hatte. Aber sie wollte es unbedingt ausprobieren.

Dann half Rocket ihr, das Headset aufzuziehen, und platzierte das Mundstück vor ihren Lippen. Es fiel ihr schwer, an etwas anderes zu denken als daran, ihn zu sich zu ziehen und zu küssen.

Zum Glück hatte der Pilot sie etwas gefragt und

er hatte sich umgedreht, um seine Frage zu beantworten; so tat sie nichts Peinliches.

Rocket war einer der faszinierendsten Männer, den sie je getroffen hatte. Er hatte seinen Master nur deshalb gemacht, weil ihm langweilig war. Er hatte einige Autos und Motorräder restauriert, nur zum Spaß. Und er verstand sich unglaublich gut mit ihrer Großmutter. Und es schien so, als hätten seine Kollegen und Freunde großen Respekt vor ihm.

Jayme war nervös gewesen, als der Helikopter gestartet war, und hatte Rocket höchstwahrscheinlich die Fingernägel in die Hand gebohrt vor Aufregung, aber dann hatte sie sich entspannt und nun genoss sie den Flug in vollen Zügen. Rocket unterhielt sich mal mit dem Piloten über die technischen Aspekte der Maschine, mal erklärte er ihr die Sehenswürdigkeiten, an denen sie vorbeiflogen. Sie flogen über Fort Hood und sie konnte zum ersten Mal begreifen, wie groß der Stützpunkt eigentlich war. Dann ging es weiter, an der Schnellstraße 35 entlang. Sie musste lachen, als Rocket den »perfekten Standort für ihre Bäckerei« fand: in der Nähe des Eingangs zum Stützpunkt, aber weit genug davon entfernt, sodass auch Zivilisten dort vorbeikamen.

Er überraschte sie mit seiner klaren, praktischen

Vision von ihrem Laden, der bis jetzt nicht mehr als ein Traum für sie war.

Während des Fluges hielt er ihre Hand und lehnte sich zu ihr, als er bestimmte Sehenswürdigkeiten zeigte; sein Körper presste gegen ihren. Sein Zitronenduft machte sie fast verrückt; sie war kurz davor, ihren Kopf zu ihm umzudrehen und ihn zu küssen. Der Flug dauerte an die zwanzig Minuten, aber ihr kam die Zeit viel länger vor, weil sie seine Nähe so deutlich wahrnahm.

Sie lächelte immer noch, als sie wieder zusammen im Wagen saßen und den Stützpunkt verließen.

»Hat es dir gefallen?«, fragte er.

»Aber klar«, sagte Jayme zu ihm. »Es war großartig! Aufregend! Unglaublich! Ich hätte nie gedacht, dass ich so etwas in meinem Leben einmal machen würde.«

»Gut.«

»Und nun? Ich bin mir nicht sicher, ob diese Erfahrung noch zu überbieten ist.«

Rocket runzelte die Stirn. »Nein, eigentlich nicht. Verdammt. Vielleicht hätte ich meinen Joker erst später in unserer Beziehung ausspielen sollen.«

Jayme liebte es, dass er schon jetzt von einer »Beziehung« sprach. »Das ist in Ordnung«, sagte sie.

»Ich habe mir überlegt, dass ich dir mal mein Haus zeige. Also nur, wenn du willst. Ich kann dich auch zu Winnie zurückfahren, wenn dir das lieber ist.«

Jayme setzte sich im Autositz auf. »Ich würde gern dein Haus sehen. Du hast mir so viel davon erzählt, dass ich neugierig geworden bin.«

»Es ist nichts Besonderes.«

»Das stimmt nicht«, widersprach Jayme sofort. »Es ist dein Zuhause und du magst es sehr. Das macht es besonders.«

Er lächelte sie an.

»Willst du mir mehr über das Haus erzählen?«, fragte sie.

»Es ist ein altes Bauernhaus mit einem Hektar Land. Es war ziemlich renovierungsbedürftig, als ich es das erste Mal gesehen habe, aber ich habe mich auf den ersten Blick in das Haus verliebt. Es besitzt eine Veranda, welche das ganze Haus umspannt. Ich musste sie fast komplett restaurieren, weil die Bretter morsch waren. Es hat zwei Stockwerke und vier Schlafzimmer. Ich glaube, ich habe schon erzählt, dass ich die Küche und die Badezimmer neu gestaltet habe; sie sind jetzt richtig modern. Aber ich habe den Bauernhaus-Stil erhalten, wo ich konnte. Ich habe viel altes Holz verwendet. Die alte Scheunentür zum Beispiel trennt nun meine Bibliothek vom Wohnzimmer ab. Ich habe versucht, das Haus insgesamt etwas offener zu gestalten. Aber da es sich um ein altes Haus handelt, war das gar nicht so einfach, da ich die Stützen nicht entfernen konnte.« Er hielt inne und sah sie an. »Zu viele Informationen?«

»Nein, erzähl ruhig weiter«, bestärkte Jayme ihn. Sie mochte es, dass er mit so viel Enthusiasmus über sein Zuhause sprach.

»Ich wollte einen Keller – weil wir in Texas wohnen und es hin und wieder Tornados gibt –, aber das war nicht ganz so einfach. Ich musste ihn selbst ausheben.«

»Wie im *Zauberer von Oz*?«, fragte Jayme aufgeregt.

Rocket lachte. »Ja, so ungefähr.«

»Wie großartig!«

»Ich nehme an, es ist nicht mehr ganz so toll, wenn der Tornado uns erwischt und wir uns im Keller verstecken müssen«, erwiderte Rocket trocken.

»Aber das ist doch super«, sagte Jayme.

»Ich arbeite noch immer an dem Garten. Ich versuche, Bäume und Gräser anzulegen, die mit wenig Wasser auskommen, um den Garten so umweltfreundlich wie möglich zu gestalten. Zusätzlich arbeite ich viel mit Kieselsteinen und Wüstenbüschen. Aber ich habe ein paar der alten Bäume behalten. Sie geben guten Schatten und ich habe mir eine Hängematte aufgehängt. Ich liebe es, darin zu liegen und die Umgebung auf mich wirken zu lassen.«

Jayme schloss die Augen. Sie konnte lebhaft vor sich sehen, wie Rocket in der Hängematte lag und die sanfte Brise ihn leicht hin- und herbewegte.

Aber noch viel wichtiger war, sie konnte sich vorstellen, wie sie zusammen in der Hängematte lagen.

»Woran hast du gerade gedacht?«, fragte Rocket.

Der Mann war sehr aufmerksam. »Ich habe mich nur gefragt, ob wir beide in die Hängematte passen«, sagte Jayme ehrlich und kämpfte gegen ihre Schüchternheit an. Der Mann hatte etwas an sich, das ihr das Selbstvertrauen gab, das zu sagen, was sie dachte.

»Würden wir«, bestätigte Rocket.

Der Blick, den sie teilen, war so intim, dass Jayme Gänsehaut bekam. Sie musste das Thema wechseln, andernfalls hätte sie etwas Peinliches getan – etwa, ihm in den Schritt zu greifen, während er am Steuer saß.

»Rocket ist ein ungewöhnlicher Name«, platzte es aus ihr heraus. »Ist es ein Spitzname?«

Eine Sekunde lang dachte sie, dass er auf ihrem Gesprächsthema beharren würde. Die Hitze in seinen Augen loderte so stark, dass man sich daran hätte verbrennen können – und Jayme hatte da nichts gegen.

Aber fast, als wüsste er, wie stark Jayme sich zusammenreißen musste, ließ Rocket das neue Thema zu. »Das ist mein richtiger Name, kein Spitzname. Ich kann dir meine Geburtsurkunde zeigen, wenn du willst.«

»Ich glaube dir«, sagte Jayme. »Ich brauche keine Beweise.«

»Meine Mutter wollte mir einen ganz besonderen Namen geben, der sich von den Namen aller anderen unterscheidet. Sie wollte mich nicht John, Rob oder Samuel nennen. Sie hat nicht bedacht, wie anfällig ein Name wie Rocket für den Spott anderer Kinder ist, aber ich hatte Glück. Ich bin früh in die Pubertät gekommen und war immer größer als meine Mitschüler. Nur wenige versuchten, sich mit mir anzulegen. Ich glaube, sie hat den Namen Rocket gewählt, weil er nach Abenteuer klang. Nach jemandem, der stark ist und sich hohe Ziele steckt.« Er zuckte verlegen die Schultern. »Sie hat sicherlich nicht damit gerechnet, dass ich Mechatroniker werde.«

Jayme drückte seine Hand, die noch immer in ihrer lag. »Sie mag deine Arbeit nicht?«

»Es ist nicht so, dass sie meinen Job nicht mag«, sagte Rocket. »Ich glaube, sie ist ganz froh, dass ich beim Militär war. Aber sie hat sicherlich gehofft, dass aus mir ein Ingenieur für Raumfahrt oder ein Astronaut wird. Sie hatte ein Beruf mit mehr Prestige im Sinn. Sie liebt mich, aber wir stehen uns nicht sehr nahe.«

»Ich finde, dass deine Arbeit faszinierend ist. Natürlich sind Raketen spannend, aber dahinter stecken immer auch die Leute, die die Raketen entwerfen. Jemand muss sie warten. Muss darauf achten, dass sie vollgetankt sind und dass genug Proviant an Bord ist; muss überprüfen, ob alle Systeme funktionieren. Und dann gibt es noch das Bodenpersonal, das dafür sorgt, dass die Rakete sich auf dem richtigen Kurs befindet, und sämtliche Systeme im Auge behält. Ich denke ja, dass viele Leute von den Helden an der Spitze eines ganzen Teams so geblendet sind, dass sie komplett vergessen, dass diese nur so erfolgreich sein können, weil viele, viele Menschen ihnen zuarbeiten und die Wirtschaft am Laufen halten. Dazu gehören Kellner,

Tankstellenangestellte, Verkäufer und Lagermitarbeiter, die dafür sorgen, dass unsere Regale immer gefüllt sind. Es sind wir, die ganz normalen Leute, die dafür sorgen, dass die Welt sich weiterdreht, nicht etwa die großen ›Helden‹, von denen immer gesprochen wird.«

Jayme war etwas verlegen, als sie ihre große Rede beendet hatte, aber sie wollte einfach nicht, dass Rocket an seinem Job zweifelte.

Rocket sah sie einen langen Moment an, bevor er ihre Hand an seine Lippen führte und ihren Handrücken sanft küsste. Seine Bartstoppeln kratzten verführerisch auf ihrer Haut.

»Außerdem«, sagte sie etwas weniger ernst, »bin ich ganz froh, dass du dich mit Motoren und so auskennst, weil ich komplett hilflos bin, wenn es um Technik geht. Ich kann gerade so einen Reifen wechseln, wenn es unbedingt sein muss, aber ansonsten kann ich mit Fahrzeugen nichts anfangen.«

»Aber jetzt hast du ja mich für jeden anstehenden technischen Notfall«, gab Rocket, ohne zu zögern, zu bedenken.

»Super«, sagte Jayme sanft. Er war sich so sicher, dass er ihr helfen konnte, falls ihr Wagen Probleme machte. Sie mochte den Brustton der Überzeugung, mit dem er über ihre Zukunft sprach. Ein einziges

Mal war sie auf der Autobahn bei Seattle liegen geblieben und die Erinnerung daran war nicht sonderlich schön. Sie hatte fast zwei Stunden warten müssen, bis der Abschleppwagen auftauchte. Die ganze Zeit hatte sie Angst gehabt, dass sie von einem der vorbeifahrenden Fahrzeuge erwischt würde.

»Wir sind da«, sagte Rocket, als er von der Straße abbog.

Jayme sah durch die Windschutzscheibe – und musste scharf einatmen, als sie Rockets Haus sah.

Es war wunderschön. Wäre sie in der Lage gewesen, ein Haus zu kaufen, dann hätte sie sich genau dieses ausgesucht. Die Veranda, die das gesamte Haus umspannte, lud dazu ein, sich einen Schaukelstuhl zu schnappen und gemütliche Sommerabende zu genießen. Jedes Fenster hatte liebliche Fensterläden und das Grundstück wirkte einladend und fröhlich.

»Oh Rocket, ich glaube, ich bin verliebt.«

»Gut«, sagte er und fuhr auf die Seite des Haupthauses, an die sich die Garage anschmiegte. Er drückte auf die Fernbedienung für das Garagentor. Er parkte den Wagen, während er erklärte: »Ich habe eine alte Scheune auf der anderen Seite des Grundstücks, wo ich alte Fahrzeuge wiederherstelle und die meisten Arbeiten für das Haus durchführe.

Der Keller befindet sich nach hinten raus, ich kann ihn dir später zeigen, wenn du willst.«

»Will ich«, erwiderte Jayme mit einem Lächeln.

Beide kletterten aus dem Wagen und er hielt ihr die Tür zum Haus auf. »Ich bin zwar kein guter Koch, wie ich schon gesagt habe, aber ich mache ein gutes Steak, oder Hühnchen, wenn du das bevorzugst. Also ... wenn du zum Abendessen bleiben willst.«

»Sehr gern«, sagte Jayme zu ihm. Sie drehte sich zu ihm und sah ihn an, bevor sie das Haus betrat. Sie stand eine Treppenstufe über ihm und musste immer noch zu ihm aufschauen. Mutig schlang sie ihre Arme um seinen Hals und legte ihren Kopf an seine Brust. Sie konnte sein Herz schlagen hören. »Vielen Dank für diese tolle Verabredung, Rocket«, sagte sie zu ihm. »Aber wir hätten auch auf dem Parkplatz des Supermarktes im Wagen sitzen können und es wäre trotzdem fantastisch gewesen. Ich mag es, Zeit mit dir zu verbringen. Ich weiß, dass du viel zu tun hast, deshalb weiß ich es zu schätzen, dass du deinen freien Tag mit mir verbringst.«

»Das war keine schwere Entscheidung«, erwiderte Rocket und schlang seine starken Arme um sie.

»Es gibt bestimmt eine Reihe von Dingen, die du noch erledigen musst.«

»Nein. Zumindest nichts Wichtiges«, widersprach er.

Sie verharrten lange so, bevor Jayme einen Schritt zurück machte. Doch sie behielt die Arme um ihn geschlungen. Sie sah zu ihm hoch und stellte sich auf die Zehenspitzen.

Sie presste ihre Lippen gegen seine und schloss die Augen.

Ihre Angst, dass sie zu wagemutig gewesen war, wurde sofort zerstreut, denn Rocket stöhnte und lehnte sich in den Kuss. Er übernahm die Führung, legte den Kopf schief und leckte über ihre Lippen, als würde er um Erlaubnis bitten, den Kuss zu vertiefen. Jayme öffnete ihre Lippen leicht und umarmte ihn fester, als er sie anhob und ins Haus trug. In seinen Armen kam sie sich federleicht vor. Dass er so viel stärker war als sie, ängstigte sie nicht, stattdessen fühlte sie sich beschützt.

Rocket drückte sie sanft gegen die Wand im Haus und vertiefte den Kuss; er war so intensiv, als hätten sie Jahre darauf gewartet anstatt nur Wochen. Der Kuss wurde fordernd und Jayme wollte mehr. Ihre Zungen spielten miteinander und lernten, was dem anderen gefiel. Aber Rocket machte keine

Anstalten, den Kuss in etwas anderes zu verwandeln; er umarmte sie weiter, erkundete ihren Körper aber nicht. Jayme wollte nichts mehr, als seine rauen Hände auf ihrer empfindlichen Haut zu fühlen, am besten überall, aber auf der anderen Seite konnte sie so ihren ersten Kuss ganz ohne Ablenkung genießen.

Als er sich zurückzog, atmeten sie beide schwer. Jayme sah, wie sein Blick ihre Brüste streifte. Ihre Nippel waren steinhart und zeichneten sich unter ihrem T-Shirt ab, was ihr eigentlich peinlich sein sollte. Aber an der Situation war nichts peinlich.

»Ich mag dein Zuhause«, flüsterte sie.

Er grinste. »Du hast noch gar nichts davon gesehen.«

»Das ist egal. Ich weiß schon jetzt, dass es perfekt ist.«

»Geht es dir gut?«, fragte er und runzelte die Stirn. »Ich will nicht, dass du dich unter Druck gesetzt fühlst. Du bist hier sicher.«

»Das weiß ich doch«, sagte Jayme. Waren zwei Wochen genügend Zeit, um sich bis über beide Ohren in jemanden zu verlieben? Sie wusste es nicht, aber sie hatte das Gefühl, dass sie schon so weit war.

Er hob eine Hand und fuhr ihr mit dem Daumen

über die Lippen. Sie fühlten sich etwas geschwollen an, aber sie konnte sich nicht helfen, sie musste lächeln und leckte mit ihrer Zunge über seine Haut.

»Verdammt«, flüsterte Rocket, »du machst mich wahnsinnig.«

»Wäre das denn so schlimm?«, fragte sie frech.

»Nein, eigentlich nicht. Aber komm. Ich will dir das Haus zeigen.«

Jayme nickte und ignorierte die Leere, die sich in ihr breitmachte, als er die Arme sinken ließ und einen Schritt zurück trat. Aber er ging nicht weit, nur bis zur Garagentür, durch die sie zuvor das Haus betreten hatten. Nachdem er sie geschlossen hatte, nahm er sie bei der Hand und hielt sie fest, bevor er ihr den Rest seines wunderschönen Zuhauses zeigte.

KAPITEL FÜNF

Rocket atmete kurz aus und verharrte, als Jayme sich neben ihm bewegte. Sie schlief tief und fest, schon seit über einer Stunde. Nach dem Abendessen, bei dessen Vorbereitung sie unbedingt helfen wollte, hatten sie sich auf die Couch gesetzt und den Fernseher angeschaltet. Er hatte keine Ahnung, welches Programm lief, weil seine ganze Aufmerksamkeit der Frau in seinen Armen galt. Sie hatte sich an ihn gekuschelt, ihren Kopf auf seine Schulter gelegt und war fast sofort eingeschlafen.

Rocket musste grinsen, als er sich ihre Reaktion auf seine Küche ins Gedächtnis rief. Ihre Augen hatten sich wie im Comic geweitet und es hatte ihr für fast eine ganze Minute die Sprache verschlagen. Er hatte ihr zwar erzählt, dass er sich bei der Renovierung der Küche und der Badezimmer besondere Mühe gegeben hatte, aber sie schien nicht ganz begriffen zu haben, wie ernst er es gemeint hatte.

Sein Gasherd war von so guter Qualität, dass die Marke in vielen Restaurants eingesetzt wurde. Sein Side-by-side-Kühlschrank ließ keine Wünsche offen. Die Arbeitsfläche aus Marmor und jedes Küchengerät, das man sich vorstellen konnte, rundeten das Gesamtbild ab. Er war weit über das Ziel hinausgeschossen und er wusste es. Vor allem, weil er selbst keine Freude am Kochen hatte. Aber er hatte schon bei der Einrichtung gehofft, irgendwann einmal eine Partnerin zu finden, die die Küche zu schätzen wusste.

Die Badezimmer waren fast genauso opulent ausgestattet. Sie hatten Fußbodenheizung, riesige Badewannen, zwei Waschbecken nebeneinander, Massage-Duschköpfe und die Oberflächen waren ebenfalls aus Marmor. Er wollte seine Partnerin verwöhnen, wo er nur konnte. Ihr zukünftiges Zuhause mit jedem ihm bekannten Luxus auszustatten gehörte für ihn dazu.

Jaymes Reaktion hatte ihn darin bestärkt, dass er auf dem richtigen Weg war. Sie mochte die Badezimmer, aber die Küche hatte sie fast überwältigt. Sie grinste wie ein Honigkuchenpferd, während sie kochte, und Rocket hatte noch nie so einen netten Abend in seinem Haus verbracht.

Sie hatte Winnie angerufen und ihr mitgeteilt, wo sie war und dass sie erst spät nach Hause kommen würde. Winnie hatte ihr natürlich gesagt, dass sie den Abend genießen und sich keine Sorgen um sie machen solle – und dass Jayme die Nacht gern auswärts verbringen könne. Jayme war rot angelaufen und Rocket musste sich sehr zurückhalten, um sie nicht sofort in die Arme zu nehmen und erneut zu küssen.

Sie hatte ihn mit ihrem Kuss überrascht, aber er erwiderte ihn außerordentlich gern. Er hatte recht behalten, sie passte perfekt zu ihm. Am liebsten hätte er ihren hübschen Hintern an sich gepresst, sodass sie seine harte Erektion fühlen konnte, aber er hatte seine Hände schön über der Gürtellinie behalten, wie es sich gehörte.

Nun, da sie sich an ihn kuschelte und er mit jedem Atemzug ihren blumigen Geruch einatmete, fiel es ihm umso schwerer, Ruhe zu bewahren. Aber er wollte sich nicht bewegen. Wollte sie nicht aufwecken.

Er konnte immer noch nicht richtig glauben, dass sie wirklich hier bei ihm war. Ja, er hatte eine Partnerin finden wollen, mit der er sein restliches

Leben verbringen wollte. Jemanden, die er lieben und wertschätzen konnte und die ihm genauso ergeben war wie er ihr. Aber er hatte nie wirklich daran geglaubt, dass er einen solchen Menschen finden würde.

Und dann, innerhalb von zwei Wochen, war es passiert. Er hatte sich in die Frau verliebt, die nun in seinen Armen lag.

Rocket hatte immer geglaubt, dass Liebe einfach war und glücklich machte. Aber im Moment machten seine starken Gefühle ihm eher Angst. Was, wenn sie nicht das Gleiche für ihn empfand? Was, wenn sie verletzt würde oder gar starb? Wie würde er damit umgehen? Was, wenn sie seine Gefühle tatsächlich erwiderte, sich aber irgendwann gegen ihn entschied?

Er war ziemlich überfordert und hatte Angst, etwas falsch zu machen und so seine Chance auf ein erfülltes Leben zu ruinieren.

Er musste sich verspannt haben, da Jayme sich plötzlich bewegte, die Augen öffnete und zu ihm aufsah.

Sie war einfach umwerfend schön. Rocket könnte sie stundenlang ansehen, ohne dass ihm dabei langweilig wurde. Ihre dunkelblauen Augen erinnerten ihn an die Farbe des Meeres.

»Wie spät ist es?«, fragte sie verschlafen.

»Noch gar nicht so spät«, erwiderte Rocket sanft.

»Ich wollte nicht einschlafen«, sagte sie zu ihm.

»Kein Problem. Du hattest einen langen Tag.«

Sie räusperte sich und Rocket musste grinsen, weil sie so niedlich war.

»Ich bitte dich. Ich bin inzwischen faul geworden, weil ich nicht mehr in der Frühe aufstehen und zur Bäckerei fahren muss. Nach meiner Kündigung war es erfrischend, ausschlafen zu können und nur für mich selbst zu backen. Aber langsam will ich wieder etwas tun. Vielleicht sollte das *Warm Delights* endlich Realität werden.«

»Warum nicht?«, ermutigte Rocket sie.

Jayme prustete. »Das ist nicht so einfach.«

»Richtig«, stimmte Rocket ihr zu. »Für gute Dinge muss man hart arbeiten.«

»Du klingst genauso wie Oma.«

Rocket konnte sich nicht helfen. Er hob eine Hand und strich ihr damit durchs Haar. Er liebte es, dass sie ihren Kopf entspannt auf seiner Schulter liegen ließ und sogar die Augen schloss, während er sie streichelte.

»Rocket?«, fragte sie, ohne die Augen zu öffnen.

»Ja?«

»Ich bin nicht mehr müde.«

Rocket erstarrte. Ihre Worte hatten den direkten Draht zu seiner Männlichkeit gefunden. Er wollte sie in sein Schlafzimmer tragen und sie am liebsten die ganze Nacht lang verwöhnen, aber er war sich nicht sicher, ob er nicht viel zu viel in ihre Worte hineininterpretierte.

Ihre Augen öffneten sich wieder und sie bewegte sich, indem sie ihr Bein über seine warf und sich auf seinen Schoß setzte. Sie legte die Arme um seinen Hals und sah ihm tief in die Augen, bevor sie klarstellte: »Ich habe noch nie jemandem solche Gefühle entgegengebracht wie dir. Ich weiß nicht, woran das liegt. Aber ich fühle mich, als wäre ich zum ersten Mal genau da, wo ich hingehöre. Ich war immer so traurig, weil meine vorherigen Beziehungen nicht erfolgreich waren. Ich dachte, mit mir stimmt etwas nicht. Aber mit dir fühlt sich einfach alles richtig an. Das ist verrückt, ich weiß. Und ich rede zu viel und jage dir wahrscheinlich Angst ein. Ich will nur sagen … Ich will dich. Willst du mit mir schlafen?«

Rockets Schwanz hatte seine Antwort schon gegeben, als sie sich mit ihrem hübschen Hintern direkt auf seinen Schoß gesetzt hatte. Während sie sprach, war seine Erektion nur weitergewachsen. Er schluckte schwer und versuchte zu sprechen. »Ja.«

Er wollte noch viel mehr sagen. Wollte sie wissen lassen, dass er genauso starke Gefühle für sie hatte. Dass er sich auf den ersten Blick in sie verliebt hatte. Dass all seine Entscheidungen im Leben zu diesem besonderen Moment geführt hatten. Aber er brachte nur ein einziges Wort über die Lippen.

Ja.

Rocket rutschte zur Sofakante und griff unter Jaymes Hintern, um sie festzuhalten. Sie war nicht überrascht und klammerte sich auch nicht fester an ihn. Sie lächelte einfach und überkreuzte ihre Fußknöchel hinter seinem Rücken.

»Alles gut. Ich werde dich nicht fallen lassen«, versicherte Rocket ihr, obwohl sie kein Problem damit zu haben schien, dass er sie auf den Armen trug.

»Ich weiß. Aus irgendeinem Grund fühle ich mich bei dir immer sehr sicher.«

Sie hatte keine Ahnung, wie viel ihm diese Worte bedeuteten. Sein ganzes Leben lang war er der Mann gewesen, dem andere nervöse Blicke zuwarfen. Sie waren unsicher, ob er vertrauens-würdig war. Seine Größe führte dazu, dass andere am liebsten einen großen Bogen um ihn machten und die Straßenseite wechselten, damit sie nicht an ihm vorbeigehen mussten. Ihr Vertrauen bedeutete ihm viel.

Er sah ihr tief in die Augen, während er sie die Treppe hinauf in sein Schlafzimmer trug. Rocket wusste, dass er die Dinge besser langsam angehen sollte. Sie hatten sich nur ein paarmal gesehen, auch wenn sie jeden Tag seit ihrem Kennenlernen miteinander geredet hatten. Er wollte nicht, dass sie die gemeinsame Nacht später bereute. Aber er konnte ihr diesen Wunsch nicht ausschlagen. Was auch immer sie wollte, er würde alles tun, um ihre Wünsche zu erfüllen.

In seinem Schlafzimmer angekommen umfasste er ihre Taille und tippte ihr an die Hüfte. Sie ließ ihre Füße zu Boden sinken und stand nun wieder vor ihm. Ihre unterschiedliche Körpergröße wurde einmal mehr offensichtlich und Rocket wurde bewusst, dass er sehr vorsichtig sein musste, um sie nicht zu verletzen. Als er daran dachte, wie eng sie sich um ihn anfühlen würde, wurde seine Erektion noch stärker.

»Ich habe eine weitere Zahnbürste in der Schublade im Bad deponiert, gleich rechts neben dem benutzten Waschbecken«, sagte er zu ihr.

»Vielen Dank«, sagte sie. Sie machte einen Schritt zurück und für eine Sekunde verspürte

Rocket Panik. Er wollte sie nicht gehen lassen. Was, wenn sie es sich anders überlegte? Was, wenn sie nach Hause fahren wollte?

Als hätte sie geahnt, wie nervös er war, beruhigte Jayme ihn sofort. Sie legte eine Hand auf seine Wange und sagte leise: »Ich brauche nicht lange. Vielen Dank, dass ich mich etwas frisch machen kann.«

Rocket nickte und sah ihr dabei zu, wie sie in Richtung Badezimmer verschwand. Sie warf ihm ein kurzes Lächeln über die Schulter zu, bevor sie die Tür hinter sich schloss.

Rocket fuhr sich mit der Hand durch seine kurzen Haare und seufzte. Er war vierzig Jahre alt! Er musste sich zusammenreißen. Aber der heutige Abend fühlte sich ganz anders an als jede Verabredung davor. Wichtiger. Größer.

Er verließ schnell das Zimmer und steuerte auf das Gästebad am Ende des Flurs zu. Er putzte sich die Zähne und wusch sein Gesicht, bevor er sein T-Shirt auszog. Er schmiss es zu Boden und ging mit nacktem Oberkörper zurück ins Schlafzimmer.

Dann zögerte er. Sollte er sich auch die Hose ausziehen? Sich ins Bett unter die Decke legen?

Er fühlte sich unwohl und unsicher. Er wollte

nicht zu gierig wirken, aber er konnte sich kaum zurückhalten.

Er beugte sich zum Nachttisch hinunter und holte eine Schachtel Kondome aus der Schublade. Er hatte eigentlich nicht damit gerechnet, dass sie so bald miteinander schlafen würden, aber er wollte für den Fall der Fälle vorbereitet sein. Er öffnete die Schachtel und platzierte eines der Kondome so, dass es leicht vom Bett aus erreichbar war. Dann setzte er sich auf die Bettkante und wartete nervös darauf, dass Jayme zurückkam. Sein Herz schlug wie verrückt ... er konnte es gar nicht erwarten, mit Jayme eins zu werden.

Überraschenderweise war Jayme kaum nervös. Vielleicht ein bisschen, aber sie verspürte vor allem positive Aufregung. Als sie in seinen Armen aufgewacht war, wusste sie, dass sie nirgendwo anders auf der Welt sein wollte. Rocket wertschätzte sie. Es war ein wunderschönes Gefühl und so konnte sie sich nicht stoppen und musste ihn einfach fragen, ob er mit ihr schlafen wolle.

Sie hatte noch nie so schnell nach dem Kennenlernen mit einem Mann schlafen wollen, aber ihr

Herz sagte ihr, dass Rocket einfach der Richtige war. Zum ersten Mal in ihrem Leben nahm Jayme sich einfach, was sie haben wollte.

Sie mochte es, dass er ihr Zeit gab, sich frisch zu machen. Sie putzte sich die Zähne und ging auf die Toilette, dann überlegte sie, was sie als Nächstes tun wollte. Sollte sie sich komplett ausziehen und nackt ins Schlafzimmer zurückkehren? Oder ein Handtuch um sich wickeln? Die Klamotten anlassen?

Verdammt. Sie wollte verführerisch und selbstbewusst wirken, aber sie hatte sich in ihrem Körper noch nie richtig wohlgefühlt. Sie hatte einfach ein paar Backwaren zu viel auf den Rippen.

Aber es ging hier um Rocket. Sie hatte mehr als einmal mitbekommen, wie er ihre Brüste und ihren Hintern ganz genau unter die Lupe nahm. Sie war sich sicher, dass er ihren Körper nicht abstoßend finden würde, aber sie war sich nicht sicher, ob sie es wagte, einfach nackt in den Raum zu stolzieren.

Sie entschied sich für einen Kompromiss und zog Hose, Socken, Unterhose und BH aus. Ihr T-Shirt behielt sie an. Zwar konnte sie so nicht viel verstecken, aber das T-Shirt reichte ihr bis auf die Schenkel, sodass ihre Schamlippen bedeckt waren. Sie rümpfte die Nase, als sie sich selbst im großen Badezimmerspiegel betrachtete, dann atmete sie tief durch. Sie sah nun einmal so aus, wie sie aussah. Wenn Rocket damit ein Problem hatte, war es besser, es bald zu erfahren.

Sie öffnete die Tür und betrat zögernd das Schlafzimmer.

Sie entdeckte Rocket sofort, der auf der Bettkante saß. Er hatte sein T-Shirt ausgezogen und trug nur noch seine Jeans.

Sie hoffte, dass sie selbstsicherer wirkte, als sie sich fühlte, und machte einen Schritt auf ihn zu. Sein Blick traf den ihren. Er musterte sie und ihm stockte der Atem.

In diesem Moment fühlte Jayme, wie ihr Selbstbewusstsein zurückkehrte.

»Oh verdammt«, flüsterte er, als sie näher kam. »Du bist so wunderschön.«

Jayme hatte darauf sicher eine Million Antworten. Dass ihre Oberschenkel zu dick waren und aneinanderrieben, wenn sie ging. Dass sie ihr ganzes Leben mit den Speckröllchen am Bauch gekämpft hatte. Dass ihre Haare zu dick und widerspenstig waren; dass sie Pickel bekam, wenn sie gestresst war; dass ihre Zehen zu kurz und knubbelig aussahen.

Aber stattdessen hob sie das Kinn und sagte: »Danke. Aber du bist auch nicht von schlechten Eltern.«

Als sie ihn erreichte, kniete Rocket sich vor sie. Selbst dann reichte sein Kopf noch bis zu ihrer Brust. Er war wirklich groß. Seine Hände schwebten neben ihren Hüften, aber er berührte sie nicht.

»Darf ich?«, fragte er und sah ihr ins Gesicht.

»Natürlich.«

Endlich berührte er sie. Zuerst legte er seine Hände auf ihre Hüften, dann ließ er sie langsam nach unten gleiten, bis er die nackte Haut ihrer Oberschenkel berührte. Er betrachtete ihren Körper aufmerksam, während er langsam ihr T-Shirt nach oben schob. Als er bemerkte, dass sie keine Unterwäsche trug, erstarrte er.

Er drehte den Kopf in Richtung ihres Gesichts und Jayme konnte in seinen Augen Lust und Leidenschaft erkennen. »Du hast nichts drunter?«, fragte er.

Eine dumme Frage, denn die Antwort war offensichtlich. Er hatte schon lange gesehen, dass sie unter dem T-Shirt nackt war. Sie nickte trotzdem. »Es schien nicht viel Sinn zu machen, meine Unterwäsche anzubehalten, wenn sie ohnehin nicht gebraucht wird.«

»Oh Gott«, seufzte Rocket leise. Dann hob er das T-Shirt über ihre Hüften und sah sie einfach nur an.

Er verharrte so lange in dieser Position, dass Jayme unruhig wurde. »Rocket?«

»Entschuldige«, sagte er, ohne den Blick von ihren Schamlippen zu nehmen. »Ich versuche, die Kontrolle zu behalten. Du bist einfach nur perfekt.«

Das war sie nicht. Das wusste sie. Aber die Ehrfurcht in seiner Stimme führte dazu, dass sie sich zum ersten Mal seit Ewigkeiten wirklich schön fühlte. Sie hatte sich in der vergangenen Woche extra viel Zeit für ihr Aussehen genommen: Ihre Beine waren glatt und ihr Schamhaar ordentlich gekürzt.

Rocket stand auf und sah zu ihr hinunter. Er zog ihr das T-Shirt über den Kopf, sodass sie vollkommen nackt vor ihm stand.

Dann öffnete er seine eigene Hose und entledigte sich ihrer zusammen mit seiner Unterwäsche.

Er griff nach ihr und umarmte sie.

Sie waren sich hautnah. Jayme konnte fühlen, wie ihre Brüste gegen ihn drückten; seine Erektion pulsierte heiß und hart gegen ihren Bauch. Es war ein intimer Moment und er schien glücklich damit, sie einfach in den Armen zu halten.

Nach ein paar Minuten machte Rocket einen Schritt zurück. Er ließ den Blick zu ihren harten

Brustwarzen wandern, die noch immer über seine Brusthaare rieben. »Vielen Dank«, sagte er leise.

»Wofür?«, fragte Jayme.

»Dass du mir so vertraust«, antwortete er. Dann setzte er sich auf das Bett und rutschte in Richtung Bettmitte.

Seine Worte trafen sie direkt ins Herz und Jayme musste schwer schlucken, um nicht von ihren Gefühlen überwältigt zu werden. Sie folgte ihm ins Bett und legte sich neben ihm auf die Seite. Er streckte sofort die Arme nach ihr aus und senkte den Kopf.

Sie sprachen für eine lange Zeit nicht, während sie sich innig küssten. Rocket erkundete mit seinen Händen ihren Körper; er berührte, verwöhnte, umspielte sie, bis er herausfand, was sie zum Stöhnen und zum Kichern brachte. Auch Jayme war dabei, ihn zu erkunden – sie liebte den Unterschied zwischen ihren Körpern. Sie war weich, er hart. Sie war sanft, er rau.

Als sie mit den Fingern seinen pulsierenden Schwanz berührte, entwich ihm ein ersticktes Geräusch und er kroch an ihrem Körper nach unten.

»Rocket!«, beschwerte sie sich.

»Wenn du mich noch einmal berührst, dann

explodiere ich«, gab er zu. »Aber ich will dich erst befriedigen.«

»Das bin ich bereits«, versicherte sie ihm.

»Ich will, dass es dir noch besser geht«, antwortete er und senkte den Kopf, bis er zwischen ihren Beinen war.

Jayme stöhnte und öffnete ihre Beine weit. Sie hatte nie verstanden, warum alle anderen so von Oralsex schwärmten. In der Vergangenheit war sie am besten damit gefahren, selbst etwas nachzuhelfen, um einen Orgasmus mit einem Mann zu erreichen. Aber im Moment konnte sie nicht mehr tun, als das Bettlaken zu krallen und die Lustwellen zu reiten, die sie überkamen.

Rocket benutzte Mund, Nase, Finger und Zähne ... und wusste ganz genau, wie er sie einzusetzen hatte. Es dauerte nicht lange, bevor Jayme die ersten Anzeichen eines sich nähernden Orgasmus zu spüren begann.

»Ja, genau da!«, flehte sie, als er ihre Klitoris zu lecken begann. Sie fühlte, wie seine Finger in sie hinein- und wieder hinausglitten, und stöhnte laut. Ihre Beine begannen zu zittern und sie vergrub ihre Hände in Rockets Haaren, als einer der intensivsten Orgasmen ihres Lebens über sie kam.

Hier hätte die normalerweise aufgehört, ihre

Klitoris zu stimulieren, aber stattdessen machte Rocket einfach weiter.

»Rocket ... genug!«

Aber er grunzte nur und führte einen zweiten Finger in ihre Muschi ein, während er seine Zunge noch schneller über ihre Klitoris bewegte.

Jayme schrie auf, als ihr Höhepunkt sich fortsetzte. Sie konnte Sterne sehen und betete, dass sie diesen Orgasmus überleben würde.

Sie hatte keine Ahnung, wie viel Zeit vergangen war, aber als sie wieder zu Sinnen kam, knabberte Rocket an ihrem Oberschenkel. Seine Finger steckten noch immer tief in ihrem Körper und in der Vergangenheit hätte sie sich sicherlich dafür geschämt, wie nass ihre Muschi war. Aber jetzt machte es ihr nichts aus.

»Wahnsinn«, murmelte sie. »Rocket?«

»Ja?«

»Fick mich bitte.«

Er bewegte sich schneller, als sie erwartet hätte. Er zog seine Finger aus ihrer protestierenden Muschi und sie sah zu, während er sich das zurechtgelegte Kondom überstülpte. Sie hatte recht gehabt: Er war ein großer Mann. Aber Jayme war nicht nervös. Rocket würde ihr nicht wehtun.

Die Spitze seines Schwanzes drückte gegen ihre

nassen Schamlippen und Jayme öffnete die Beine, soweit sie konnte. Rocket stöhnte, als er mit seiner Länge in sie hineinglitt.

»Verdammt, Jayme. Du bist so eng. Ich will dir nicht wehtun.«

»Keine Sorge«, beruhigte sie ihn. Jayme behielt seinen Schwanz im Auge, als er ihn langsam in sie hineinpresste.

Er hielt inne, als er halb in ihr war, und warf den Kopf in den Nacken. Seine Kiefer waren aufeinandergepresst und sein Gesicht fast schmerzhaft verzogen.

Vielleicht lag es daran, dass sie schon einen solch intensiven Orgasmus gehabt hatte, oder daran, wie nass sie war, aber Jayme hatte überhaupt keine Schmerzen. Sie griff hinter sich und zog ein Kissen hervor; dann hob sie ihren Hintern gerade genug an, um das Kissen darunter zu platzieren.

Rocket öffnete die Augen und ihre Blickte trafen sich kurz, bevor er an ihnen hinuntersah.

»Das ist so geil«, flüsterte er.

Und das war es. Durch das Kissen hatte er nun einen besseren Winkel und konnte ganz in sie eindringen. Ihre Schamhaare berührten sich und Jayme seufzte. Sie überkreuzte die Fußknöchel hinter seinem Rücken und hielt sich an seinen Oberarmen fest.

»Beweg dich«, bat sie ihn.

»Ich weiß nicht, ob ich das kann, ohne sofort zu kommen«, gab Rocket zu.

Jayme kicherte. »Ich glaube an dich«, sagte sie zu ihm.

Langsam begann Rocket, seine Hüften zu bewegen. Er zog sich zurück und drang langsam wieder in sie sein. Wieder und wieder genoss er das Gefühl ihrer nassen Muschi um seinen Schwanz. Es fühlte sich nett an, aber Jayme wollte mehr. Sie wollte, dass Rocket die Kontrolle verlor. Wollte, dass er sich so gut fühlte wie sie vor ein paar Minuten.

»Mehr, Rocket«, trieb sie ihn an. »Du kannst mir nicht wehtun.«

»Ich bin aber viel größer als du«, sagte er und versuchte verzweifelt, die Kontrolle zu bewahren.

»Das stimmt. Und ich liebe es, wenn du ganz tief in mir bist. Gib's mir.«

Ihre Blickte trafen sich. Und dann war es so weit.

»Ich will dir immer geben, was du willst«, versprach er. Dieses Mal drang er nicht vorsichtig in sie ein, sondern schnell und in einem Stoß.

Sie stöhnten beide.

»Genau so«, feuerte sie ihn an.

Er stieß noch einmal mit voller Wucht zu. Und noch mal. So lange, bis Jayme erneut auf Wolke sieben schwebte. Das Geräusch ihrer Hüften, die immer wieder aneinanderprallten, war laut und schien im Raum zu hallen, was ihre Lust nur verstärkte.

Jayme sah Rocket fasziniert an. Seine Brust war rot vor Anstrengung und er atmete schwer, während er seine Lust auslebte. Die Muskeln seiner Oberarme zitterten, während er sich auf ihnen abstützte. Er wollte sie mit seinem Gewicht nicht zu sehr belasten, als er wieder und wieder in sie eindrang.

Jeder Stoß brachte Jayme näher an einen weiteren Orgasmus. Sie hatte nur durch Penetration noch nie einen Höhepunkt erlebt, aber wegen Rockets Größe und weil er sie so sehr verwöhnte, war sie kurz davor.

Sie bewegte ihre Hand zwischen ihre Körper und stimulierte Rockets Schwanz, sobald er ihn aus ihr herauszog. Er war feucht von ihren Säften und sie nutzte die Nässe, um ihre Klitoris zu streicheln.

»Verdammt«, sagte Rocket. »Ja, mach es dir selbst. Ich will fühlen, wie deine Muschi sich anspannt, während mein Schwanz in dir steckt. Schneller, Jayme. Ich komme ...«

Seine Worte trieben sie weiter an und sie

bewegte ihre Finger immer schneller, um ihm seinen Wunsch zu erfüllen. Es dauerte nicht lange. Seine Stöße, sein intensiver Blickkontakt und seine Verbalerotik stießen Jayme über den Abgrund. Der Orgasmus überkam sie.

»Ahhh, das ist so gut!«, rief Rocket und seine Stöße wurden immer schneller und zügelloser. Das gesamte Bett wackelte mit jedem Stoß und Jayme wusste, dass auch ihre Brüste im Rhythmus auf und ab wippten.

Und sie spürte genau, wann der Orgasmus von Rocket Besitz ergriff. Mit der Hand griff er nach ihrem Hintern und zog sie zu sich heran, als er ein letztes Mal in sie hineinstieß, während er den Kopf zurückwarf. Die Venen an seinem Hals traten hervor, während er befriedigt stöhnte.

Jayme grub ihre Fingernägel in seinen Oberarm und sah zu, wie er von seinem Orgasmus übermannt wurde. Viel zu schnell war es vorbei und sein Körper entspannte sich. Er drehte sich, sodass er auf dem Rücken neben ihr zum Liegen kam; da er ihren Hintern nicht losgelassen hatte, endete Jayme in seinem Stoß sitzend. Sie richtete sich auf und sah zu ihm hinunter.

Seine Arme lagen ausgebreitet auf der Matratze und seine Brust bewegte sich auf und ab, während er nach Luft schnappte. »Verdammte Scheiße. Du hast mich fast umgebracht«, kommentierte er zwischen zwei Atemzügen.

Jayme kicherte und konnte fühlen, wie sein Schwanz in ihr zuckte. Sie zog die Augenbrauen hoch.

Er grinste. »Na ja, für eine neue Runde bin ich noch nicht ganz bereit, aber gib mir noch fünf Minuten.«

Es hätte sie nicht gewundert, wenn das die Wahrheit war.

Er hob einen Arm und fuhr die Kontouren ihrer Brustwarze mit dem Finger nach. Sie wurde bei seiner Berührung sofort hart. Sein Blick traf den ihren, dann umarmte er sie und drehte sie auf den Rücken. Sein Schwanz rutschte aus ihrer Muschi und Jayme söhnte auf.

»Ich weiß. Aber ich muss das Kondom entsorgen. Ich bin gleich zurück. Beweg dich nicht.«

Rocket kletterte aus dem Bett. Bevor er ins Bad verschwand, zog er die Bettdecke über ihren Körper.

Jayme sah zu, wie er vollkommen nackt ins Bad ging. Er war keine Minute später wieder zurück und legte sich zu ihr unter die Bettdecke. Dabei nahm er sie so selbstverständlich in den Arm, als täte er das schon seit zwanzig Jahren.

Jayme kuschelte sich an ihn und genoss ihr intimes Zusammensein. Mit den Fingern streichelte er ihr leicht über die Schulter, während sie sich gegenseitig hielten.

»Rocket?«

»Hm?«

»Vielen Dank«, sagte Jayme leise.

Er fragte nicht, wofür sie sich bedankte. Sagte ihr nicht, dass sie sich für nichts bedanken müsse. Er sagte einfach nur: »Gern geschehen.«

KAPITEL SECHS

Rocket konnte sich kaum an die Zeit erinnern, bevor Jayme in sein Leben getreten war. Also, er konnte schon, aber er wollte nicht. Die Arbeit war noch immer sehr anstrengend, der Unterschied war allerdings, dass nun oft Jayme auf ihn wartete, wenn er nach Hause kam. Sie zauberte ihm jeden Abend ein gutes Abendessen und das Haus füllte sich mit den wundervollsten Gerüchen, die von den Leckereien stammten, die sie tagtäglich produzierte.

Winnie hatte ihr eine Maklerin empfohlen. Inzwischen war sie kurz davor, den Kaufvertrag für ein Gebäude zu unterschreiben, aus dem bald schon die Bäckerei *Warm Delights* werden sollte; Rocket freute sich sehr für sie. Er wusste, dass eine Menge harter Arbeit vor ihr lag, was auch bedeutete, dass sie weniger Zeit miteinander verbringen würden, aber er wollte sie in ihrem Traum unterstützen.

Es waren ungefähr zwei Monate vergangen, seit sie sich das erste Mal getroffen hatten – und Rocket war vor ein paar Tagen losgezogen, um ihr einen Verlobungsring zu kaufen. Sie war die Frau, mit der er den Rest seines Lebens verbringen wollte. Er wusste nur noch nicht, wie er sie fragen sollte.

Inzwischen verbrachte sie so gut wie jede Nacht in seinem Haus. Aber sie besuchte ihre Großmutter dennoch jeden Tag, um nach ihr zu sehen und ihr Gesellschaft zu leisten. Heute war Samstag und sie verbrachten den Tag mit Winnie in ihrem Haus. Ihr Garten brauchte etwas Aufmerksamkeit und Rocket hatte sich angeboten. Als ihre Nachbarn sahen, dass er sich im Garten aufhielt, kamen sie zu ihm herüber.

Kane Temple – den seine Freunde und Kollegen aber Brain nannten – war Soldat und eigentlich auch für Winnies Garten verantwortlich. Seine Freundin Aspen kam ebenfalls in den Garten, als sie Jayme und Winnie auf der Veranda entdeckte. Die drei Frauen hatten sich gut unterhalten und laut miteinander gelacht, während er und Brain die heruntergefallenen Äste vom letzten Sturm einsammelten und den Garten wieder in Form brachten.

Als sie fertig waren, stießen sie zu den Frauen dazu. Jayme hatte etwas Bananenbrot für ihre Oma gemacht, welches Winnie gern mit allen teilte, während sie sich auf der Veranda entspannten.

»Wie ist dein neuer Job?«, fragte Winnie Aspen.

»Gut. Wirklich großartig«, erwiderte Aspen.

Winnie wandte sich an ihre Enkelin und an Rocket. »Aspen war Feldsanitäterin beim Militär. Aber sie hat sich entschieden, die Armee zu verlassen, und arbeitet jetzt als Rettungssanitäterin.«

Rocket war beeindruckt. »Feldsanitäterin?«, fragte er.

Aspens Freund antwortete, bevor sie es konnte. »In einer Ranger-Einheit«, erklärte Brain.

Rocket pfiff durch die Zähne.

»Was denn? Habe ich etwas verpasst?«, fragte Jayme etwas verwirrt.

»Feldsanitäter begleiten Soldaten bei ihren Einsätzen und leisten medizinische Erstversorgung, sollte etwas passieren«, erklärte Rocket ihr. »Die Rangers sind eine Spezialeinheit, die besonders schwierige Missionen übernimmt. Als Eliteeinheit werden sie in besonders kritischen Gebieten eingesetzt. Um in einer dieser Einheiten als Feldsanitäterin dienen zu können, muss man das gesamte Training mit den Soldaten absolvieren.«

Rocket sah, wie Brain sich das Grinsen verkniff, aber der Mann sagte nichts weiter.

»Ich dachte eigentlich, dass Frauen gar nicht in aktiven Kampfzonen dienen dürfen«, sagte Jayme.

»Seit zweitausenddreizehn dürfen Frauen auch in Kampfgebieten eingesetzt werden. Zwei Jahre später hat die erste Frau das Training zum Ranger erfolgreich absolviert und seit zweitausendsechzehn können Frauen jeden Posten beim Militär antreten. Es ist natürlich kein einfacher Kampf, aber langsam wird das Militär offener«, sagte Aspen.

»Warum hast du das Militär verlassen, wenn ich fragen darf?«, wandte sich Jayme direkt an Aspen. »Du musst natürlich nicht antworten, wenn du nicht willst. Aber ich bin neugierig.«

Die andere Frau zuckte mit den Schultern. »Als ich zum Militär ging, wollte ich die ganze Welt retten. Ich träumte davon, dass ich alles besser machen kann. Aber nicht jeder ist bereit, Frauen eine faire Chance beim Militär zu geben.«

»Sie umschifft in ihrer Antwort elegant die Tatsache, dass die Männer in ihrer Einheit alle Vollpfosten waren«, warf Brain ein. »Sie ist eine wundervolle Sanitäterin und ihre Kündigung war ein großer Verlust für das Militär. Aber dafür hat die Stadt Killeen eine tolle Rettungssanitäterin gewonnen. Sie hat auch mir schon das Leben gerettet.«

Der liebevolle Blick, den Brain seiner Freundin zuwarf, war schwer zu übersehen.

»Wirklich?«, fragte Jayme.

Aspen schüttelte den Kopf. »Ich habe nur das getan, was jeder andere auch getan hätte«, widersprach sie Brain.

»Das stimmt nicht.« Brain wandte sich wieder ihren Zuhörern zu. »Das ist noch gar nicht so lange her. Erinnert ihr euch an den Sturm, der dazu führte, dass fast ganz Houston unter Wasser stand? Wir wurden in die Stadt geschickt, um zu helfen. Ich wurde ... verletzt und schwamm mit dem Gesicht nach unten im Flutwasser. Aspen sprang aus dem Boot und manövrierte mich an einen sicheren Ort, wo sie mich wiederbelebte, bis ich wieder von selbst atmete. Wir hatten unser Rettungsteam verloren und sie harrte fast eine ganze Nacht bei mir aus, um auf mich aufzupassen. Ohne sie wäre ich jetzt nicht mehr hier.«

»Was für eine Geschichte«, sagte Jayme.

Rocket betrachtete das Paar. Er war klug genug, um zu verstehen, dass einige Details der Geschichte mit Absicht ausgelassen wurden. Aber die Liebe zwischen Brain und Aspen war spürbar.

»Aber danach hast du dich wie ein Idiot benommen, nicht wahr?«, rief Winnie ihrem Nachbarn ins Gedächtnis.

Brain runzelte die Stirn. »Ja.«

»Omi!«, wies Jayme Winnie zurecht.

»Was denn?«, fragte diese unschuldig zurück.

»Das war aber nicht sehr höflich.«

Die alte Frau zuckte mit den Schultern. »Ich bin zu alt, um mir darüber Gedanken zu machen, wessen Gefühle ich wie verletzen könnte. Jeder macht einmal Fehler und es ist sonnenklar, dass die beiden danach wieder zusammengewachsen sind.«

Rocket konnte dem nur zustimmen. Das Paar wirkte sehr verliebt. Brain hatte sich während der Arbeit immer wieder zu seiner Freundin umgedreht und der Stolz in seiner Stimme, wenn er über sie sprach, war kaum zu überhören.

»Aber es war trotzdem nicht sehr höflich«, beharrte Jayme.

»Ich bin vielleicht alt, aber nicht blöd«, erwiderte Winnie hitzig. »Ich habe ja nicht mehr viel anderes zu tun, als aus dem Fenster zu sehen und die Nachbarschaft im Blick zu behalten. Eine Woche lang ist Aspen kein einziges Mal bei Kane vorbeigekommen. Seine anderen Freunde schon, nur sie nicht.«

»Das stimmt. Nach meiner Verletzung wollte ich die Beziehung mit Aspen beenden. Ich hatte geglaubt, dass sie ohne mich besser dran ist«, sagte Brain.

»Und dann hast du den Kopf aus dem Sand gezogen und gemerkt, dass du ein Idiot bist«, beendete Winnie die Geschichte.

Aspen und Brain mussten beide lächeln. »Genau, Ma'am«, bestätigte Brain.

»Gut. Ich mag Aspen nämlich sehr«, sagte Winnie lächelnd. »Ich hätte auch mit blöden Nachbarn bestraft werden können, die laute Partys feiern und den Müll ewig auf dem Gehweg stehen lassen; ihr beide seid viel umgänglicher.«

»Stimmt«, sagte Aspen mit einem Lächeln auf den Lippen. »Falls du je Hilfe brauchst, kannst du jederzeit zu uns rüberkommen; klingle einfach.«

Die alte Frau warf Jayme einen vielsagenden Blick zu.

»Vielen Dank dafür«, sagte Jayme zu ihnen.

»Ich bin noch nicht am Sterben«, mischte sich Winnie ein. »Ich habe keine Lust, dass ihr alle wie

Geier um mich kreist und darauf wartet, dass ich das Zeitliche segne.«

Jayme tätschelte ihre Hand. »Niemand will irgendwo kreisen«, sagte sie, um die Situation zu entspannen.

»Was machst du beruflich?«, fragte Brain Jayme und lenkte die Unterhaltung so wieder in seichte Gefilde.

»Im Moment nicht viel. Ich will ein Gebäude kaufen und meinen eigenen Laden aufmachen. Eine Bäckerei.«

Aspens Augen weiteten sich fast schon wie im Comic, als sie das hörte.

»Wirklich?«, fragte sie.

»Ja.«

»Das ist großartig! Ich bin zwar kein schlechter Koch, aber das Backen liegt mir gar nicht. Ich bin fest davon überzeugt, dass die Welt mehr Muffins braucht.«

Die beiden Frauen lächelten sich an.

»Erzähl ihnen, wie die Bäckerei heißen soll«, forderte Winnie ihre Enkelin auf.

Jayme verdrehte die Augen, kam aber dem Wunsch ihrer Oma nach. »Ich würde sie gern *Warm Delights* nennen.«

»Oh, das ist aber schön. Gefällt mir total«, rief

Aspen.

»Danke. Mir auch. Ich bin nach Texas gekommen, weil mein Traum von einer eigenen Bäckerei in Seattle geplatzt ist. Ich war mir nicht sicher, was ich tun sollte. Rocket hat mir geholfen, mein Selbstvertrauen wiederzufinden. Nur, weil es in Seattle nicht geklappt hat, soll das noch lange nicht heißen, dass ich nicht in Killeen eine Bäckerei eröffnen kann.«

»Das stimmt«, sagte Winnie.

»Wirst du auch Torten für Feiern und Geburtstage machen oder nur Brot und Süßwaren verkaufen?«, fragte Aspen.

Rocket wollte sich eigentlich nicht in die Diskussion über Jaymes Bäckerei einmischen, aber er konnte sich nicht zurückhalten. »Sie wird auch einige Vorbestellungen annehmen, aber nicht allzu viele – etwa fünf Torten am Tag. So müssen die Leute gegebenenfalls auf einen Platz warten und sich genau überlegen, was sie bestellen wollen.«

Jayme drehte sich überrascht zu ihm um, aber Aspen und Brain nickten wissend.

»Schlau. Es ist gut, das Angebot künstlich knapp zu halten. Die Leute sollen nicht glauben, dass sie einfach hereinschneien und bestellen können. Sicher wird das die Nachfrage in die Höhe treiben.

Sobald ein Gut knapp ist, stehen die Leute dafür Schlange«, sagte Brain lächelnd.

»Genau das meine ich«, stimmte Rocket ihm zu.

Danach wandte sich das Gespräch dem denkwürdigen Abend zu, an dem Winnie ihre Bingo-Freunde dazu überredet hatte, den Seniorenklub gegen die Kneipe einzutauschen, und wie viel Spaß sie dort gehabt hatten.

Rocket sah zu Jayme hinüber, die sehr still geworden war, und bemerkte, dass sie genervt war. Ihm war klar, dass er zu weit gegangen war. Doch er hatte sie nicht verärgern wollen.

Aspen und Brain blieben noch etwa zwanzig Minuten sitzen, bevor sie sich verabschiedeten, weil sie gehen mussten. Nach mehreren Versicherungen, dass sie sich bald wiedersehen würden, gingen sie zu ihrem Haus zurück.

»Wir sollten uns langsam auch auf den Weg machen«, sagte Rocket. Sie hatten keine besonderen Pläne für den Abend, aber Rocket hatte das Gefühl, dass er die Unstimmigkeit beseitigen musste, die zwischen ihm und Jayme stand. Andernfalls würde er die Nacht sicherlich allein verbringen.

Er war Jayme verfallen. Er liebte es, mit ihr in seinen Armen einzuschlafen und aufzuwachen. Ganz im Gegensatz zu Jaymes eigenen Aussagen musste er herausfinden, dass sie alles andere als eine Frühaufsteherin und erst nach dem zweiten Kaffee zu gebrauchen war – aber auch diese Erkenntnis machte ihn glücklich. Er liebte einfach alles an ihr; dass sie so oft bei ihm war, hätte er in seinen kühnsten Träumen nicht zu hoffen gewagt.

Er konnte sehen, dass Jayme ihm widersprechen wollte. Dass sie gern länger bei ihrer Omi geblieben wäre. Aber er musste ihr unbedingt erklären, warum er sich in die Pläne für ihre Bäckerei eingemischt hatte. Er dachte seit Wochen kaum an etwas anderes; schon mehrfach hatten sie darüber gesprochen. Er wollte so sehr, dass ihre Bäckerei ein Erfolg wurde, dass es ihm manchmal schon fast wie sein eigener Traum vorkam.

Ohne ein weiteres Wort ging Jayme ins Haus, um ihre Handtasche zu holen.

»Da bist du wohl ins Fettnäpfchen getreten«, sagte Winnie zu ihm. Aber sie grinste, während sie sprach.

»Ich weiß«, gab Rocket zu.

»Nur fürs Protokoll, ich finde deine Idee gut. Aber meine Enkelin ist einfach etwas stur. Sobald sie sich etwas in den Kopf gesetzt hat, ist sie nicht mehr davon abzubringen. Das ist an sich keine schlechte Eigenschaft, aber manchmal kann sie einfach nicht aus ihrer Haut.«

Rocket nickte. Auch er hatte schon Erfahrungen mit dieser Eigenschaft gemacht; sie war eines der tausend Dinge, die er so an ihr liebte. Die Leidenschaft, mit der sie das Leben anpackte, griff wie ein Lauffeuer um sich und riss die Menschen in ihrem Umfeld geradezu mit. Er hatte sich geschworen, sie vor all denjenigen zu beschützen, die aus ihrer Lebensfreude einen Vorteil ziehen oder ihr einen Dämpfer verpassen wollten. Er hatte kein Problem damit, den Türsteher zu spielen, wenn es darauf ankam. Aber sie musste wissen, dass er immer hundertprozentig hinter ihr stand.

»Vielen Dank für deine Unterstützung«, sagte Rocket zu Winnie.

»Du tust ihr gut«, erwiderte die alte Frau. »Ich kann einen unverantwortlichen Liebhaber schon aus der Ferne riechen und du, Rocket Long, bist das genaue Gegenteil. Ich hatte meinen Steve fünfzig Jahre lang und kann mich sehr glücklich schätzen. Ich wollte, dass Jayme einmal etwas Ähnliches erleben darf, gab aber schon langsam die Hoffnung auf, dass ich ihren Seelenpartner finden würde. Aber als du mir im Supermarkt deine Hilfe angeboten hast, wusste ich sofort, dass ihr beide gut zusammenpassen würdet.«

Winnies Worte bedeuteten Rocket sehr viel. Nachvollziehen, wie Winnie ihn als Seelenpartner ausgewählt hatte, konnte er aber nicht. »Vielen Dank«, sagte er vorsichtig.

Winnie kicherte. »Du glaubst mir nicht, aber das ist okay. Du denkst, ich bin nur eine senile alte Frau. Aber ich muss schon sagen, dass ich nicht jünger werde und gern noch meine Urenkel kennenlernen will, bevor ich meinen Steve wiedersehe.«

Rocket blinzelte überrascht. Vor Jahren hatte er einmal darüber nachgedacht, wie es sein würde, Kinder zu haben. Vater zu sein. Aber im Laufe der Zeit hatte er den Wunsch in den Hintergrund gedrängt. Nun hatte er das Bild von Winnie mit einem winzigen Baby auf dem Arm im Kopf.

Dann sah er eine schwangere Jayme mit dickem Bauch. Das Bild machte ihm keine Angst – im Gegenteil, er spürte plötzlich eine tiefe Zufriedenheit.

Er wollte mit Jayme eine Familie gründen.

Er lehnte sich vor und gab Winnie einen Kuss auf die Wange. »Ich arbeite daran.«

»Gut«, antwortete sie lächelnd. »Und übrigens, ich will Jayme unbedingt zum Altar führen. Also schlag dir alle wilden, spontanen Heiraten in Las Vegas oder sonst wo aus dem Kopf.«

»Notiert«, entgegnete Rocket mit einem leisen Lachen.

»Was hast du dir notiert?«, fragte Jayme, die in der Terrassentür aufgetaucht war.

»Dass du mir ein neues Bananenbrot machen musst, weil du es an unsere Gäste verteilt hast«, sagte Winnie, ohne zu zögern.

Jayme rollte die Augen, lächelte aber. »Natürlich, Omi. Soll ich dir reinhelfen?«

»Sehe ich aus wie eine Invalide?«, fragte Winnie zurück. »Ich brauche doch keine Hilfe. Ich werde noch ein bisschen hier sitzen bleiben. Die Nachbarn von der anderen Straßenseite kommen bald nach Hause und meistens bleiben sie noch ein bisschen stehen, um ein Schwätzchen zu halten. Das weißt du doch.«

»Stimmt, entschuldige«, sagte Jayme. Sie lehnte sich vor und küsste ihre Großmutter. »Ruf mich an, falls du etwas brauchst.«

»Werde ich, aber ich brauche nichts«, sagte Winnie.

»Natürlich nicht. Melde dich trotzdem«, erwiderte Jayme mit einem Lächeln auf den Lippen. »Ich liebe dich, Omi.«

»Ich dich auch, mein Kind«, antwortete Winnie. »Sei nicht zu gemein zu ihm.«

Jayme presste die Lippen aufeinander und schüttelte den Kopf. »Bis morgen.«

Rocket war nicht überrascht, dass Jayme nicht auf den Kommentar ihrer Großmutter einging. Sie würde warten, bis sie beide allein waren, bevor sie ihm den Marsch blies.

KAPITEL SIEBEN

Jayme konnte ihre Wut zurückhalten, während sie zu Rockets Haus fuhren. Das Problem war nicht, dass Rocket Aspen und Brain nicht von der Bäckerei erzählen durfte. Aber es hatte sich so angehört, als wäre er die treibende Kraft hinter ihrem Laden. Er hatte einen Master in Betriebswirtschaftslehre und gute Ideen, aber sie war auch keine komplette Dilettantin. Jayme wusste, dass sie sich in die Situation hineinsteigerte, aber das Gefühl ähnelte dem, das sie in Seattle gehabt hatte. Ihre Ideen verblassten neben denen eines Mannes.

Sie blieb stumm, als er leise fragte, ob er ein Steak oder ein Hühnchen zum Abendessen anbraten sollte.

Doch dann fragte er, ob sie jetzt gleich über die

Sache reden wollte oder lieber später, nachdem sie sich etwas beruhigt hatte.

»Ich soll mich beruhigen?«, fragte sie überrascht. »Das hast du gerade nicht wirklich gesagt, oder?«

Rocket überkreuzte die Arme vor der Brust und lehnte sich mit der Hüfte gegen seine wunderschöne Marmor-Arbeitsplatte in seiner ach so tollen Küche in seinem großartigen Häuschen. Er war sogar so dreist, sie anzugrinsen.

»Nur weil ich mit dir schlafe, heißt das noch lange nicht, dass du über mein Leben bestimmen kannst.«

Jayme wusste, dass sie überreagierte, aber dass er sich vor Winnies Nachbarn so unverfroren in ihre Angelegenheiten eingemischt hatte, hatte sie sehr verärgert.

»Ich weiß«, sagte Rocket ruhig.

Die Tatsache, dass er sich nicht auf ihre Streitlust einließ, führte dazu, dass auch Jayme wieder etwas ruhiger atmete. Sie ging an ihm vorbei und nahm sich einen Teebeutel aus dem Schrank.

Rocket griff nach dem Wasserkocher und schaltete ihn ein. »Setz dich, ich mache dir einen Tee«, sagte er zu ihr.

Sie nickte und ging ins Wohnzimmer, um sich auf das Sofa zu setzen. Sie sah zu, wie Rocket ihr einen Tee machte, wie er es jeden Abend tat. Es war nur eine von vielen kleinen Aufmerksamkeiten, mit denen er sie tagtäglich überhäufte.

Sie war sich nicht sicher gewesen, ob sie sich auch dann noch gut verstehen würden, wenn sie mehr oder weniger in einem Haus lebten. Sie hatte sich so daran gewöhnt, allein zu sein. Aber mit Rocket war die Veränderung kaum spürbar gewesen. Sie hatte noch nicht einmal die bewusste Entscheidung getroffen, bei ihm einzuziehen; es war einfach langsam passiert. Sie mochte es, mit ihm zusammenzuleben. Sie hatte kein Problem damit, im Haus zu bleiben, wenn er zur Arbeit ging. Sie besuchte ihre Großmutter jeden Tag, aber dann kam sie zum Haus zurück, um das Abendessen für sich und Rocket vorzubereiten. Und sie ging ihrem liebsten Hobby nach – dem Backen. Sie hatte große Freude daran, Rocket mit immer neuen Kreationen und Rezepten zu überraschen.

Sie fand es auch gar nicht schlecht, dass er nicht aus jeder neuen Variante eine große Sache machte. Natürlich schlug er hin und wieder kleine Verbesserungen vor. Dass einem Keks vielleicht etwas mehr Schokolade oder weniger Nüsse guttun würden.

Und sie konnte nicht leugnen, wie gut es sich anfühlte, in seinen Armen einzuschlafen.

Noch nie war sie in einer Beziehung gewesen, in der sich alles so richtig anfühlte.

Das war der Grund, warum sie ein solches Problem damit hatte, dass er über ihren Kopf hinweg Entscheidungen traf, die ihre Bäckerei betrafen. Natürlich war sein Vorschlag nicht in Stein gemeißelt; sie konnte Vorbestellungen so behandeln, wie sie Lust hatte, unabhängig von seinen Ideen. Aber Rocket hatte ihr die Entscheidung so selbstverständlich abgenommen, als gehörte die Bäckerei ihm.

Er kam zum Sofa und reichte ihr ihren absoluten Lieblingstee: Apfel-Zitrone. Dann setzte er sich nicht etwa auf den kleinen Sessel ihr gegenüber, sondern zu ihr auf das Sofa.

Direkt neben sie. Sein Oberschenkel berührte den ihren, vom Knie bis zur Hüfte.

Sie runzelte die Stirn und setzte sich demonstrativ weiter von ihm weg. Aber Rocket folgte ihrer Bewegung einfach, sodass sie wieder nebeneinandersaßen.

»Rocket, ich bin noch immer wütend. Kannst du mir ein bisschen Raum geben?«

»Nein«, sagte er, ohne zu zögern. »Ich weiß, dass ich dich verärgert habe, und ich will darüber reden. Ich kann dir aber nicht mehr Raum geben, weil es keinen Ort auf der Welt gibt, an dem ich lieber bin als ganz nahe bei dir.«

Das hatte er schön gesagt ... aber Jaymes Ärger war noch nicht verflogen. Sie atmete einmal aus und beschloss, die Sache hinter sich zu bringen. »Na gut. Ich arbeite noch immer an meinem Businessplan für meine Bäckerei. Der grobe Entwurf steht schon, seit ich in Seattle war. Aber ich habe mir noch nicht so viele Gedanken über die Details wie die Einrichtung und Vorbestellungen gemacht. Warum hast du also einfach so beschlossen, dass ich nur eine geringe Anzahl von Vorbestellungen annehmen soll?«

Rocket atmete tief ein. »Okay. Ich weiß, dass ich zu forsch war. Aber ich hatte nur das Beste für dich und die Bäckerei im Sinn.«

Jayme wartete, aber als er nicht weitersprach, zog sie die Augenbrauen hoch. »Und weiter?«

»In den letzten zwei Monaten war ich so glücklich wie noch nie in meinem Leben.«

Seine Worte fühlten sich gut an, aber das erklärte noch lange nicht, warum er sich anscheinend zum Chef ihrer Bäckerei befördert hatte.

»Bevor du in mein Leben tratst, hatte ich kaum etwas, auf das ich mich freuen konnte. Ich mag meinen Job, meine Kollegen und ich finde es toll, wenn ich das Problem einer Maschine erkennen und reparieren kann. Aber jeder Tag glich dem anderen. Ich stand auf, machte Sport, aß Frühstück, ging zur Arbeit, kam nach Hause, aß schlechtes Fertigessen, beschäftigte mich in der Garage und ging schlafen. Manchmal ging ich mit Freunden von der Arbeit aus, aber die meisten hatten eine Familie und deshalb nicht viel Zeit. Als ich Winnie im Supermarkt traf, gab sie mir die Möglichkeit, mehr mit meinem Leben anzustellen.

Später, als ich dich traf, habe ich mich sofort zu dir hingezogen gefühlt. Du bist witzig, hübsch und ich konnte von Anfang an nicht aufhören, an dich zu denken. Du bist jeden Tag aufs Neue mein Lichtblick. Ich konnte es gar nicht erwarten, von der Arbeit heimzukommen und mit dir zu reden. Ich weiß, dass das peinlich klingt, aber das ist die Wahrheit.«

»Ich bin mir sicher, dass du vor mir schon Freundinnen hattest«, wandte Jayme leise ein. Rockets Worte trafen sie direkt ins Herz. Sie wusste zwar immer noch nicht, was dieses Geständnis mit der Situation heute zu tun hatte, aber es war nicht einfach, wütend zu bleiben, wenn er so offen über seine Gefühle sprach.

Rocket schüttelte den Kopf. »Nicht wirklich.

Vielleicht bin ich mit dem Alter nur wählerischer geworden, aber ich habe nie eine richtige Verbindung mit jemandem gespürt. Manche waren zu unselbstständig, andere hatten kein Interesse an einer ernsthaften Beziehung. Manche waren nur auf den Sex aus, andere wollten verwöhnt werden und hatten keine Lust, selbst etwas zur Beziehung beizutragen. Du bist ganz anders. Du warst schüchtern, etwas unbeholfen und nervös, aber du wusstest, was du willst. Du hast nicht nach einem Mann gesucht ... nicht mal nach einer Verabredung.«

Jayme kicherte. »Na, da beschreibst du mich aber nicht wirklich in leuchtenden Farben.«

Er lächelte sie an. »Doch. Du gefielst mir sehr. Du gefällst mir sehr. Ich kann gar nicht in Worte fassen, wie sehr. Und nun darf ich jeden Tag mit dir in meinen Armen aufwachen. Ich sehe dich lächeln. Ich höre dich lachen. Spüre deine Lebensfreude. Ich gehe beschwingt zur Arbeit, denn egal was passiert, ich weiß, dass du am Ende des Tages auf mich wartest. Zum ersten Mal in all den Jahren, in denen ich schon in diesem Haus wohne, fühlt es sich wie ein Zuhause an. Wenn ich dich mit deiner Küchenschürze am Herd stehen sehe, dann bin ich der glücklichste Mann der Welt. Und das nicht, weil du für mich kochst und bäckst. Einfach, weil du *du* bist.

Wenn du mir morgen sagen würdest, dass du nie wieder einen Kochlöffel und einen Mixer in die Hand nehmen willst, dann wäre mir das egal – Hauptsache, du bist da, wenn ich von der Arbeit nach Hause komme.

Und ich liebe es, wie konsequent du an deinem Plan, eine Bäckerei zu eröffnen, arbeitest. Ich bin so stolz auf dich, dass mir fast das Herz überquillt. *Warm Delights* ist eine wunderbare Idee und wird sicherlich Erfolg haben. Bei deinem Einsatz und deiner Leidenschaft kann es gar nicht anders laufen.

Als Aspen fragte, wie du mit Vorbestellungen umgehen willst, hatte ich eine Vision der Zukunft. Wie du morgens um vier Uhr aufstehst und bis abends spät in der Nacht in der Bäckerei arbeitest. Dass du jeden Tag länger und länger bleibst, weil du so viele Vorbestellungen vorbereiten musst. Weil jemand noch in letzter Sekunde dieses oder jenes für einen wichtigen Anlass bestellt hat und du einfach nicht Nein sagen wolltest.

Da überkam mich die Angst. Das ist doof, ich weiß. Aber zu sehen, wie du dich jeden Tag abrackerst – und ich dich immer weniger sehe –, das tat weh. Ich weiß, dass ich an manchen Tagen auch lange arbeite. Und dir wird es in der Bäckerei genauso gehen. Aber ich will, dass wir auch weiterhin Zeit miteinander verbringen können, um unsere Beziehung wachsen zu lassen. Ich weiß nicht, welche Öffnungszeiten du dir für die Bäckerei überlegt hast, aber ich will einfach nicht, dass du dich überarbeitest. Mein Gedanke war, dass eine limitierte Anzahl an Vorbestellungen helfen würde, deine Arbeitslast in sinnvollen Grenzen zu halten, sodass du nicht viel zu viel auf dich nimmst.

Und das Angebot künstlich gering zu halten ist, aus Marketingsicht betrachtet, auch keine schlechte Idee. Wenn die Kunden erfahren, dass sie nicht einfach kurzfristig anrufen und bestellen können, dann wissen sie deine Waren mehr zu schätzen. Aber du hast recht ... ich hätte mich nicht einmischen sollen. Du kannst *Warm Delights* so führen, wie du es willst. Ich habe gesagt, was ich gesagt habe, weil ich dich liebe und so viel Zeit wie möglich mit dir verbringen will.«

Jaymes Ärger nahm immer mehr ab, als sie Rocket zuhörte. Wie konnte sie sich aufregen, wenn ihr Freund sich Sorgen um sie machte und Zeit mit ihr verbringen wollte? Ja, er hatte eine Grenze überschritten, als er Winnies Nachbarn erklärte, wie sie ihren Laden zu organisieren hatte. Aber er sagte es, weil er ihr Bestes wollte – und seine wirtschaftliche Argumentation war ebenfalls logisch.

Dann erst registrierte sie seine letzten Worte. »Du liebst mich?«

»Mehr, als ich in Worte fassen kann«, antwortete Rocket.

Und plötzlich war Jayme froh, dass er darauf bestanden hatte, ganz nahe neben ihr zu sitzen. Sie stellte ihren Tee auf den Wohnzimmertisch und warf sich in Rockets Arme. Er fing sie auf – natürlich fing er sie auf – und hielt sie fest.

»Ich liebe dich auch«, flüsterte sie in seine Halsbeuge.

Sie konnte spüren, wie er sie drückte, bevor er mit den Lippen mit ihrem Ohrläppchen spielte. »Liebst du mich genug, um mir zu verzeihen?«

Jayme lehnte sich zurück, um ihm in die Augen zu schauen. »Natürlich. Immer. Aber ich muss schon anmerken, dass ich nächstes Mal gern die Erste wäre, der du von deinen unternehmerischen Ideen erzählst, bevor du einen Artikel in der Zeitung darüber schreibst.«

»Natürlich.«

Gott, wie sie diesen Mann liebte. Ihr hätte von Anfang an klar sein sollen, dass er nicht etwa versuchte, sich in ihren Laden einzumischen, sondern sich nur Sorgen machte. Sie musste zugeben, dass es keine schlechte Idee war, die Anzahl der

Vorbestellungen zu begrenzen; die Kunden würden sich so früher melden und somit konnte sie die Arbeitslast viel besser planen. Andernfalls wäre sie, ganz wie er vermutet hatte, sicherlich lange Stunden in der Bäckerei geblieben, um die Aufträge abzuarbeiten. »Ich will nicht versprechen, dass ich mein restliches Leben jeden Abend für dich kochen werde, aber im Moment macht es mir nichts aus. Ich mag es, hier zu sein, wenn du nach Hause kommst. Ich freue mich immer, wenn ich deinen Wagen in der Einfahrt höre. Für mich ist es eine Freude, am Herd zu stehen.«

»Vielleicht kannst du mir ein paar Grundlagen beibringen. Ich wäre gern in der Lage, etwas mehr als ein Steak und Hühnchen auf den Tisch zu bringen.«

»Würdest du denn gern kochen lernen?«, fragte Jayme.

»Wenn du die Lehrerin bist, dann schon«, antwortete Rocket.

Sofort musste sie an ein paar simple Rezepte denken, die Rocket gefallen könnten. Sie vermutete, dass der Kochunterricht ganz spaßig werden könnte. »Gern.«

»Aber vielleicht nicht sofort«, sagte Rocket, senkte den Kopf und leckte ihr neckisch über die

Schulter, bevor er sanft mit den Zähnen hinein-
zwickte.

»Nein? Hast du etwa andere Pläne?«, fragte
Jayme mit einem großen Grinsen auf dem Gesicht.

»Vielleicht«, erwiderte Rocket. »Aber wenn du zu
müde oder immer noch verärgert bist, dann natürlich nicht.«

»Ich bin weder müde noch verärgert«, sagte
Jayme und öffnete die Beine, während Rocket sich
mit seiner Hand den Weg an ihrem Oberschenkel
entlang bahnte.

Ohne Vorwarnung stand er auf und warf sie
über seine Schulter.

Jayme kreischte vergnügt und lachte laut,
während sie sich mit den Händen an seinem
Hintern festhielt. Er trug sie in Richtung Treppe.
»Lass mich bloß nicht fallen«, rief sie.

»Niemals«, schwor Rocket.

Eine Stunde später lag Jayme im Bett; ihr Körper
fühlte sich an wie Pudding. Rocket hatte ihr ganz
genau gezeigt, wie sehr er sie liebte. Sie war zweimal
zum Höhepunkt gekommen und er hatte mehr Stel-
lungen durchgespielt, als sie zuvor gekannt hatte.
Wie er es geschafft hatte, so lange durchzuhalten,
bevor er gekommen und tief in ihr abgespritzt hatte,
war ihr ein Rätsel.

Sie hatten vor ein paar Tagen aufgehört, Kondome zu benutzen, da sie die Pille nahm. Sie liebte das Gefühl, wenn er nach dem Höhepunkt noch in ihr verweilte. Sie hätte nicht gedacht, dass Rocket zu den Kuschelbären gehörte, aber nachdem er gekommen war, nahm er sie jedes Mal fest in den Arm, während ihre Herzschläge sich langsam beruhigten.

Im Moment lag sie auf seiner Brust; sie konnte seinen halbharten Schwanz noch immer in ihrer Muschi fühlen. Zusammen genossen sie die letzten Wellen der Lust, als ihr Bauch in der Stille des Raumes laut grummelte.

Rocket begann sofort zu lachen und sein Schwanz rutschte aus ihrer Muschi. Jayme hob den Kopf und sah ihn scherzhaft böse an; daraufhin wurde sein Lachen nur noch lauter.

»Entschuldige, mein Schatz, ich lache nicht über dich«, sagte er.

Sie mochte es, wenn er sie »mein Schatz« nannte, aber nun rümpfte sie die Nase. »Das glaube ich dir nicht. Ich bin mir fast sicher, dass du über mich lachst«, erwiderte Jayme.

»Okay, erwischt. Aber du bist einfach zu niedlich. Bleib im Bett«, ordnete er an, während er sie ohne Probleme anhob und aufstand.

»Wo willst du hin?«, fragte sie und vermisste schon jetzt die Wärme seiner Umarmung.

»Abendessen holen«, sagte er.

»Ich glaube, ich möchte kein Steak«, sagte Jayme zu ihm; das war schließlich das einzige Gericht, das er zustande brachte.

»Kein Steak. Vertrau mir. Ich will so schnell wie möglich wieder zurück ins Bett und zu dir. Ich bin sofort wieder da.«

Jayme sah zu, wie er zum Kleiderschank ging. In den letzten zwei Monaten waren immer mehr ihrer Kleider in seinen Schrank gewandert. Anfangs hatte sie einen kleinen Koffer mitgebracht und ihre Kleider darin verstaut, aber dann hatte Rocket ihr ein paar Schubladen freigeräumt.

Er zog eine Unterhose an, dann nickte er ihr kurz zu und verließ das Schlafzimmer.

Jayme ließ sich zurück auf die Matratze fallen und starrte die Decke an. Ihre tiefen Gefühle für Rocket machten ihr fast Angst. Manchmal ging er ihr auf die Nerven, aber auch sie war nicht immer ganz einfach zu ertragen. Alles in allem fand sie, dass sie inzwischen als eingespieltes Team funktionierten, vor allem, wenn man bedachte, dass sie so lange allein gelebt hatten.

Der Ventilator an der Decke drehte langsam

seine Kreise und zog Jayme in seinen Bann; geweckt wurde sie erst, als Rocket in den Raum zurückkehrte. Sie hatte keine Ahnung, wie lange sie geschlafen hatte.

Sie setzte sich auf und sah, wie er einen großen Teller vor sich zum Bett balancierte. Mit seiner freien Hand richtete er einige Kissen hinter Jaymes Rücken und zog ihr die Decke über den Schoß; dann platzierte er seine kostbare Fracht auf der Bettdecke.

Er lehnte sich zu ihr und küsste sie, bevor er auf den Teller zeigte. »Ich habe mich mal an diesen ›Horsd'œuvres‹ versucht, von denen du mal gesprochen hast.«

Er hatte ein paar Käse- und Wurststücke aufgeschnitten, dazu Trauben, Honig- und Wassermelone, Oliven und Kekse auf dem Teller aufgetürmt. »Ich würde es ja eher eine Charcuterie-Platte nennen«, verbesserte Jayme ihn sanft.

Rocket zuckte mit den Schultern. »Wenn du meinst. Kannst du damit etwas anfangen?«

Jayme drehte sich sofort zu ihm um. »Das ist perfekt. Vielen Dank.«

»Das ist natürlich noch kein Vergleich zu den Werken einer Jayme Caldwell, aber ich arbeite daran, besser zu werden.«

»Du kannst nicht besser werden«, widersprach sie ihm ernsthaft. »Du bist schon perfekt.«

»Das bin ich sicher nicht, aber ich werde mein Bestes geben, um dich nicht zu enttäuschen.«

»Das wirst du nicht«, flüsterte Jayme.

»Natürlich werde ich das irgendwann«, widersprach Rocket. »Aber ich werde mich entschuldigen und mich danach einfach mehr anstrengen. Wie heute.«

»Ich liebe dich«, sagte Jayme zu ihm.

»Und ich dich auch.« Rocket manövrierte um den Teller herum, der auf ihren Knien thronte, und nahm sie in den Arm. »Was möchte die Dame denn zuerst probieren?«

Kichernd schnappte Jayme sich eine Traube und biss hinein. Sie wusste nicht, was die Zukunft für sie bereithalten würde, aber sie hoffte sehr, dass sie und Rocket immer so glücklich sein würden wie in diesem Moment. Sie wollte nicht wütend ins Bett gehen und war froh, dass er darauf bestanden hatte, dass sie sich miteinander unterhielten.

Sie wollte mit diesem Mann ihr Leben teilen ... und war mehr als froh, dass Winnie sie ausgetrickst hatte, sodass sie Rocket kennenlernen durfte.

KAPITEL ACHT

Rocket lehnte sich gegen die Wand in den Räumlichkeiten, die bald schon das *Warm Delights* sein
würden, und lächelte, während er dabei zusah, wie
Jayme den Handwerkern letzte Anweisungen gab.
Sie hatte vor drei Wochen den Kaufvertrag für das
Gebäude unterschrieben und wollte die Bäckerei
gleich im neuen Jahr eröffnen. Sie hatte viel damit
zu tun gehabt, die richtigen Lieferanten zu finden,
erste Werbeanzeigen zu schalten und die Innenaus-
stattung der Bäckerei zu gestalten.

Er liebte es zu sehen, mit wie viel Enthusiasmus
Jayme bei der Arbeit war, und schwor sich, alles
dafür zu tun, dass es so blieb. Sie hatte in den letzten
Tagen ein paar Kandidaten interviewt und war kurz
davor zu entscheiden, wer ihre ersten Mitarbeiter

sein würden. Rocket war heute etwas früher von der Arbeit heimgekommen, weil er sie zum Essen ausführen und so für ihre harte Arbeit belohnen wollte.

Thanksgiving war wie im Flug an ihnen vorbeigezogen; sie hatte in letzter Zeit so viel gearbeitet, dass er ihr zumindest diesen Abend als Auszeit schenken wollte. Rocket musste lächeln, als er an den Abend dachte, an dem sie den Vertrag für die Räumlichkeiten unterschrieben hatte. Sie war so aufgeregt gewesen und er konnte sich nicht erinnern, während des Sex schon einmal so viel gelacht und gelächelt zu haben.

Jayme war die Frau, die er sich in seinen kühnsten Träumen nicht an seiner Seite hätte vorstellen können. Sie war der Mensch, mit dem er sein restliches Leben verbringen wollte. Sie ließ sich nicht aus der Bahn werfen, hatte ein sonniges Gemüt und Humor; außerdem achtete sie auf die Leute in ihrem Umfeld. Rocket hatte Glück gehabt und er wusste es. Er wollte ihr Fels in der Brandung sein; derjenige, der für sie da war, egal ob in guten oder in schwierigen Zeiten. Er wollte alles für sie sein.

Also hatte er mit seinem Chef geredet und den Nachmittag freibekommen, sodass er dabei sein konnte, wenn Jayme mit dem Team der Baufirma sprach. Die Firma hatte schon einige Arbeiten für sie durchgeführt und Jayme war mit dem Ergebnis sehr zufrieden gewesen; deshalb hatte sie auch den nächsten Bauabschnitt mit dieser Firma geplant.

Sie sah zu ihm und lächelte ihn an. Rocket grinste zurück und wartete darauf, dass sie ihre ausufernde und enthusiastische Erklärung der Inneneinrichtung beendete und aufhörte, dem Bauleiter zu erklären, wie er die Wände zu streichen hatte.

Zwanzig Minuten später hatte der Teamleiter versprochen, einige Zeichnungen anzufertigen und sie ihr bis zum Ende der Woche zukommen zu lassen. Sie schüttelte ihm die Hand und ging zu Rocket, nachdem der Mann gegangen war. Sie kam ihm ganz nahe und legte ihm den Kopf auf die Brust.

Er umarmte sie und fragte: »Glücklich?«

»Und wie«, antwortete Jayme, aber sie schlängelte sich plötzlich aus seiner Umarmung und ging zur Tür.

Rocket wunderte sich, was sie wohl vorhatte; aber sie verschloss einfach nur die Eingangstür und kam zu ihm zurück.

Als sie bei ihm angekommen war, griff Jayme

nach seiner Hand und zog ihn in Richtung Backstube. Rocket runzelte die Stirn und fragte: »Ist alles in Ordnung?«

»Jup«, sagte sie ohne weitere Erklärung und hielt vor der großen Arbeitsfläche an, die schon eingebaut worden war. Hier konnten mindestens vier Leute gleichzeitig Teig kneten. Die Arbeitsfläche bot so genügend Raum, um mehrere verschiedene Produkte – wie Kuchen, Kekse und Brot – gleichzeitig zu bearbeiten. Sie war aus grauem Marmor gemacht und ähnelte seiner eigenen Küche, wie Rocket geschmeichelt festgestellt hatte. Jayme hatte ihm gesagt, dass sie das Design seiner Küche so sehr ins Herz geschlossen hatte, dass sie Elemente davon in ihrer Backstube übernehmen wollte.

Sie sprang auf die Arbeitsfläche und winkte ihn mit dem Finger näher zu sich. »Habe ich dir eigentlich schon gesagt, wie froh ich über deine Hilfe mit der Bäckerei bin?«

»Ja«, erwiderte Rocket. »Und obwohl ich dem Bauleiter vertraue, habe ich immer etwas Sorge, wenn du dich allein mit ihm triffst.«

»Rocket, der Typ ist fünfundsechzig. Ich bin mir sicher, dass er nicht über mich herfällt, wenn ich mit ihm unterschiedliche Wandfarben diskutiere.«

»Mir egal«, sagte Rocket bockig. Er war einfach

ein Sturkopf. Natürlich war es unwahrscheinlich, dass etwas passierte, aber Rocket hatte einfach lieber ein Auge auf die Sache. »Außerdem wollte ich einfach nur ein bisschen Zeit mit dir verbringen. Ich habe dich in letzter Zeit nicht viel gesehen.«

»Ich weiß«, sagte Jayme und zog ihn zu sich. Sie umarmte ihn mit ihren Beinen und verschränkte die Knöchel hinter seinem Rücken. »Du hast auch ziemlich viel gearbeitet. Ist alles in Ordnung?«

»Ja. Einige der Einheiten werden nach der Urlaubszeit auf Missionen geschickt und ich habe ein paar Überstunden eingeschoben, damit die Helis in gutem Zustand sind, bevor sie losfliegen.«

»Ich bin stolz auf dich«, sagte Jayme und Rocket wurde gleich dreißig Zentimeter größer bei ihrem Lob.

Er mochte es, sie stolz zu machen. Es fühlte sich gut an. »Also? Gibt es einen Grund, warum du mich hierhergelockt hast?«

Sie grinste. »Vielleicht«, sagte sie mit hochgezogenen Augenbrauen.

Rocket liebte es, wenn sie so mit ihm spielte. Seine Lust auf ihren Körper hatte nie nachgelassen und er musste sich immer am Riemen reißen, um sie nicht mit seiner Leidenschaft zu überwältigen. Normalerweise machte sie eher selten den ersten

Schritt, wenn es um Sex ging, aber wenn, dann wusste sie ganz genau, was sie wollte – und bekam es auch.

»Hier?«, fragte er, weil er wollte, dass sie sich sicher war. Sie hatten sich schon einmal in der zukünftigen Bäckerei geliebt, gleich nachdem sie das Gebäude gekauft hatte und die Räumlichkeiten noch fast komplett leer standen.

»Ich will immer an dich denken, wenn ich mich hier aufhalte. Wenn ich den Kuchen verziere, will ich an deine Hände denken, die Muster auf meine Haut zeichnen. Wenn ich den Teig für das Brot ausrolle, dann will ich mich an deinen Gesichtsausdruck erinnern, wenn du kommst. Ja, Rocket. Genau hier.«

»Verdammt, ich liebe dich«, sagte er und zog ihr in einer Bewegung die Bluse über den Kopf.

Jayme lachte und lehnte sich auf ihre Hände zurück, während sie ihm ihren Oberkörper entgegenstreckte. Rocket war begeistert, wie sehr sie in den letzten Monaten ihre Schüchternheit abgelegt hatte. Er konnte sich an ihrer Schönheit nicht sattsehen und achtete darauf, ihr jeden Tag Komplimente zu machen.

Sie spreizte die Beine und legte sich auf die marmorne Arbeitsfläche.

»Sieht ganz so aus, als hätte mir jemand ein Festmahl aufgetischt«, scherzte Rocket bei diesem Anblick.

Jayme lachte und hob den Kopf. »Für dich. Nur für dich«, sagte sie zu ihm.

Rocket öffnete den Reißverschluss seiner Jeans. Er zog ihr Hose und Unterwäsche aus und ihr Lachen wurde zu einem Stöhnen, als er ihren Hintern packte und zwischen ihre Beine abtauchte.

Anderthalb Stunden später waren sie auf dem Weg nach Hause. Rocket konnte sich nicht erinnern, jemals so glücklich und zuversichtlich gewesen zu sein. Der Verlobungsring, den er vor ein paar Wochen gekauft hatte, brannte wie eine ungestellte Frage in seiner Hosentasche. Er wollte sie schon hundertmal fragen, ob sie in heiraten wollte, seit er ihn gekauft hatte, aber er wollte gleichzeitig einen unvergesslichen Antrag machen. Und bis jetzt hatte er einfach noch nicht die zündende Idee gehabt.

Er hasste es, dass er ihr nicht von dem Ring erzählen konnte, denn er wollte nicht, dass etwas zwischen ihnen stand. Doch die Verlobung sollte eine Geschichte sein, die sie noch ihren Kindern erzählen konnten.

Kinder. Wie gern er ihre wunderschönen blauen Augen im Gesicht ihrer gemeinsamen Tochter sehen wollte! Ihre Kinder würden hoffentlich ihr Lächeln, ihre Nase und ihr Gesicht erben. Schon jetzt liebte er ihre ungeborenen Kinder mehr, als er in Worte fassen konnte; und hatte sichergestellt, dass er Jayme mehr als einmal erzählte, wie gern er eines Tages Kinder hätte.

»Rocket?«, fragte sie.

»Ja, mein Schatz?«

»Danke, dass du mir so den Rücken stärkst.«

»Immer«, erwiderte er ergeben.

»Ich weiß, dass die Räumlichkeiten nicht ganz billig waren und auch die Renovierungen sind teuer. Vielen Dank, dass du das alles mitmachst und mir nicht den Wind aus den Segeln nimmst. Vielleicht sollte ich etwas mehr aufs Geld achten, bevor ich weiß, ob die Bäckerei ein Erfolg wird.«

Rocket griff nach ihrer Hand und hielt sie sanft fest. »Erstens, wenn du dich nicht voll reinhängst, würden die Leute das bemerken und deinen Laden nicht ernst nehmen. Zweitens, du übertreibst nicht. Es ist dein Geld und du hast lange dafür gespart. Ich habe nicht das Recht, dir vorzuschreiben, was du damit zu tun und zu lassen hast. Drittens, da gibt es kein ›Ob‹. *Warm Delights* wird auf jeden Fall ein Erfolg. Willst du wissen, warum ich mir so sicher bin?«

»Ja, warum?«, fragte sie mit Tränen in den Augen.

»Weil ich deine Leckereien lieben gelernt habe. Sie sind einfach umwerfend. Jeder, der einmal davon kostet, wird immer wiederkommen. Ich bin mir fast sicher, dass deine Liste für Vorbestellungen über Monate hinweg voll sein wird. Du wirst wahrscheinlich in die Verlegenheit kommen, mehr Mitarbeiter einstellen zu müssen, und bevor du dichs versiehst, wirst du auch über eine zweite Filiale nachdenken.«

Tränen liefen ihr über die Wangen. »Ob es wirklich so ist, weiß ich nicht, aber dein Vertrauen bedeutet mir sehr viel.«

Rocket hob die Hand und wischte sanft eine Träne von ihrer Wange. »Du bedeutest mir alles«, sagte er ohne Umschweife. »Aber jetzt genug geweint, sonst werde ich auch traurig. Ich habe dich vor ein paar Minuten dreimal zum Höhepunkt gebracht und bin selbst so heftig gekommen, dass mir schwarz vor Augen geworden ist. Ich will nach Hause fahren, eine Tasse Tee trinken und über unsere Termine für die nächsten Wochen sprechen.

Brain und Aspen haben uns zu einer Hausparty mit ihren Freunden an einem der nächsten Wochenenden eingeladen. Deine Eltern haben erwähnt, dass sie uns gern in Texas besuchen wollen, und ich sollte darüber nachdenken, meine Eltern auch mal einzuladen. Und Winnie will auch noch eine Party mit ihren Freundinnen feiern. Ich bin mir nicht sicher, ob du für all diese Feiern backen willst, aber wir sollten uns mal darüber Gedanken machen, wie wir das alles unter einen Hut bringen.«

Als er aufgehört hatte zu sprechen, hatte Jayme sich wieder gefangen. Er mochte es, wenn sie emotional wurde, aber er hasste es, wenn sie weinen musste. Er wusste, dass der Gedanke an all die Partys in den nächsten Wochen sie aus ihrer Stimmung reißen würde, und lächelte, als sie bestimmt nickte und ihr Handy aus der Tasche zog. Die nächsten Wochen würden anstrengend werden, aber er könnte nicht glücklicher sein.

Bis jetzt hatte er die Feiertage immer allein verbracht, aber nun, da er das Leben mit Jayme teilte, bekam er mehr Einladungen, als er je für möglich gehalten hatte. Doch er wollte nichts an diesem neuen Leben ändern. Vor allem nicht seine Beziehung mit Jayme.

KAPITEL NEUN

Jayme war unglaublich glücklich. *Warm Delights* würde am zweiten Januar eröffnet werden. Es war der dreiundzwanzigste Dezember und sie war im Haus ihrer Oma, um das Weihnachtsmenü vorzubereiten. In den letzten Wochen hatten Rocket und sie eine Reihe von Partys besucht. Sie hatte wie am Fließband Kekse, Kuchen und süße Stücke gebacken. Sogar ein Früchtebrot hatte sie auf den Wunsch ihrer Oma hin gemacht.

Ihre Eltern waren für ein paar Tage vorbeigekommen, um Rocket kennenzulernen und die Neuigkeiten zu hören. Sie waren von ihrer Bäckerei begeistert gewesen und hatten ihr mehrmals gesagt, wie stolz sie waren. Auch Rockets Eltern waren gekommen. Er hatte keine enge Beziehung zu seiner Familie, aber er wollte zumindest versuchen, den Kontakt mit ihr wieder aufleben zu lassen.

Sie waren eingeladen gewesen, als die Nachbarn ihrer Oma eine große Party feierten. Jayme hatte es gefreut, Aspens und Kanes Freunde kennenzulernen. Die Männer waren alle stark und beeindruckend gewesen; aber es freute sie zu sehen, wie sanft und warm sie sich ihren Freundinnen gegenüber verhielten.

Alles in allem war der Dezember ein guter Monat gewesen, aber Jayme war nun mehr als bereit, sich zusammen mit Rocket einzuigeln und ihre Zweisamkeit zu genießen. Sie waren so viel unterwegs gewesen, dass sie kaum Zeit füreinander gefunden hatten. Nach dem Weihnachtsessen wollten sie bis zum siebenundzwanzigsten Dezember einfach nur entspannen und absolut gar nichts unternehmen.

Keine Arbeit, für keinen von ihnen. Keine Besuche bei Oma (auch wenn Jayme sie jeden Tag anrufen wollte, um sicherzugehen, dass alles in Ordnung war). Keine Gedanken an *Warm Delights* und all die Arbeit, die noch auf sie wartete. Nur sie beide, ein heißer Tee und die Liebe, die sie füreinander empfanden.

Aber zuerst stand Weihnachten mit ihrer Groß-mutter auf dem Plan.

Rocket hatte einen Anruf von der Arbeit bekommen. Einer der Helikopter war ausgefallen und musste sofort repariert werden. Er hatte sich hundertmal entschuldigt, bevor Jayme ihn schließlich fast aus dem Haus geworfen hatte. »Je früher du gehst, desto früher bist du wieder zurück«, sagte sie zu ihm.

»Vielen Dank für dein Verständnis«, antwortete er erleichtert.

»Natürlich. Ich bin mir sicher, dass auch ich hin und wieder Hals über Kopf in die Bäckerei fahren muss, um eine Katastrophe zu verhindern. Und obwohl du langsam ein ganz passabler Koch wirst, wärst du mir heute in der Küche sowieso nur im Weg. Geh ruhig. Wenn du zurückkommst, dann wartet ein tolles Weihnachtsmenü auf dich.«

»Ich liebe dich«, sagte Rocket, lehnte sich zu ihr und küsste sie auf die Stirn.

»Ich liebe dich auch.«

Im Moment unterhielt sie sich mit ihrer Oma über einen neuen Senioren-Fitnesskurs, zu dem Winnie sich im örtlichen Studio angemeldet hatte. Die älteren Damen saßen dabei auf einem Stuhl und bewegten sich zur Musik.

»Du kannst gern mal mitkommen, wenn du willst«, schlug ihre Großmutter vor.

Jayme rollte die Augen. »Lieber nicht.«

»Es macht dir bestimmt Spaß.«

Die Definition, die ihre Oma von »Spaß« hatte, entsprach aber nicht unbedingt Jaymes. Aber um aus der Sache rauszukommen, sagte sie: »Ich denke darüber nach.«

Oma stemmte die Hände in die Hüften. »Das wirst du nicht. Du sagst das nur, damit ich die Klappe halte.«

Jayme musste lachen. »Stimmt. Funktioniert es?«

»Nein«, schmollte ihre Oma.

Jayme kicherte. »Könntest du mir bitte die Milch geben?«

Ihre Großmutter runzelte die Stirn. »Milch?«

»Das Zeug, das aus Kühen rauskommt? Ich habe beschlossen, die doppelte Menge an Keksen zu machen, damit du genug hast, bis ich wieder vorbeikomme.«

»Himmel, Kind, was glaubst du denn, wie viele Kekse ich in der Zeit esse?«, fragte ihre Großmutter.

»Ich kenne dich, Omi«, sagte Jayme. »Dir wird schnell langweilig werden und dann wirst du bei den Nachbarn klopfen, um ihnen Kekse vorbeizubringen. Oder du rufst eine deiner Freundinnen an, um dich zu verabreden. Ich habe schon gesehen, wie du dem Postboten Kekse in die Hand gedrückt hast. Ich will nur sichergehen, dass du genügend hast.«

Ihre Großmutter lachte. »Na ja, wo du recht hast. Aber mal ehrlich, ich komme vier Tage lang allein klar, während du und Rocket euch zusammen-kuschelt.«

Jayme lief rot an und warf ihrer Großmutter einen kurzen Blick zu. »Willst du etwa, dass ich mich doch für weniger Kekse entscheide?«

Winnie streckte ihr die halb leere Packung Milch entgegen. »Wir haben fast keine Milch mehr.«

»Oh, verdammt«, sagte Jayme verärgert. Sie sah auf die Uhr. »Der Supermarkt am Ende der Straße ist noch offen. Ich gehe schnell hin und hole mehr Milch.«

»Warum fragst du nicht einfach Aspen und Kane, ob sie etwas übrighaben?«

»Ich brauche eine ganze Menge Milch«, erklärte Jayme und ging zur Spüle, um sich die Hände zu waschen. »Der Kartoffelbrei könnte noch einen Schuss Milch vertragen und Rocket trinkt manchmal ein Glas zum Abendessen. Ich werde nicht lange weg sein.«

»Rocket sollte bald wieder da sein. Du könntest

ihn fragen, ob er dir die Milch mitbringt«, schlug Winnie vor.

»Ich will ihn nicht nerven. Ich werde keine zehn Minuten weg sein«, antwortete Jayme voller Tatendrang. »Rühr die Soße um, während ich weg bin. Und schau mal nach dem Truthahn. Die Alufolie sollte noch drum bleiben, aber schau, dass nichts verbrannt ist.«

»Ich weiß doch, wie man kocht, Kind«, sagte ihre Oma etwas verärgert. »Wer, glaubst du, hat dir alles beigebracht?«

Jayme lehnte sich vor und küsste ihre Oma auf die Wange. »Das stimmt. Ich bin gleich zurück. Hab dich lieb.«

»Ich dich auch«, sagte ihre Großmutter, als Jayme nach ihrem Autoschlüssel zu dem Wagen ihrer Großmutter griff.

Zehn Minuten später wünschte sich Jayme, sie hätte den Ratschlag ihrer Großmutter angenommen und Rocket zum Laden geschickt.

———

Rocket war froh, dass das Problem auf der Arbeit nicht so viel Zeit in Anspruch nahm, wie er befürchtet hatte. Er war etwas verärgert, dass sie ihn

wegen einer solchen Kleinigkeit überhaupt angerufen hatten, aber er beschwerte sich gegenüber
seinem Vorgesetzten nicht, als er in der Werkstatt
ankam. Er war froh, dass er einem Job nachgehen
konnte, den er mochte; auch wenn das manchmal
hieß, dass seine Freundin länger auf ihn warten
musste, als ihm lieb war.

Er erinnerte sich daran, dass Jayme und er nach
der Eröffnung der Bäckerei noch weniger Zeit
füreinander haben würden, obwohl sie schon jetzt
beschlossen hatte, um vierzehn Uhr zu schließen.
Sie würde jeden Morgen um fünf Uhr öffnen und
die Nachmittage dazu nutzen, die Vorbestellungen
für den nächsten Tag vorzubereiten. Dadurch sollte
es ihr möglich sein, zum Abendessen zu Hause zu
sein; so konnten sie zumindest die Abende miteinander verbringen.

Das war zumindest der Plan. Rocket wusste, dass
sich daran schnell etwas ändern konnte, sobald die
Bäckerei mehr Kunden anzog. Aber es war immer
möglich, mehr Mitarbeiter einzustellen, um die
Nachmittage abzudecken. Es war an ihm, ihr einen
Grund zu geben, abends gern nach Hause zu
kommen und nicht zu viele Überstunden zu
machen.

Er lächelte, als er in Winnies Einfahrt einparkte,

und klopfte an die Tür, bevor er hineinging. Im Haus roch es fantastisch nach Essen und sein Magen grummelte erwartungsvoll. Er war noch immer nicht an das gute Essen gewöhnt, das ihm zuteilwurde, seit Jayme bei ihm war. Sie behauptete zwar, dass sie besser buk als kochte, aber ihre Gerichte waren ebenfalls umwerfend.

»Hey, Winnie«, sagte er, als er die Küche betrat und Jaymes Großmutter beim Herd vorfand.

»Hi, Rocket. Ist auf der Arbeit alles okay?«

»Jup. Wo ist Jayme?«

»Sie hat beschlossen, dass ich über die Feiertage in Keksen schwimmen muss, und wir hatten nicht mehr genügend Milch, um das ganze Becken aufzufüllen. Sie ist schnell zum Supermarkt an der Ecke gegangen, um mehr zu kaufen.«

»Warum hat sie mir nicht kurz Bescheid gesagt? Ich hätte welche mitbringen können«, sagte Rocket mit gerunzelter Stirn.

Winnie lachte. »Das habe ich ihr auch vorgeschlagen, aber sie zuckte nur mit den Schultern und sagte, dass es nur ein paar Minuten dauern würde.«

»Okay, dann fahre ich ihr zum Supermarkt entgegen«, erwiderte Rocket.

»Ich bin mir sicher, dass sie gleich zurück ist«, versuchte Winnie, ihn aufzuhalten. Sie sah auf die

Uhr, die an der Wand in der Küche hing. »Sie ist erst vor ein paar Minuten gegangen.«

»Wenn ich an ihr vorbeifahre, drehe ich einfach um und komme nach Hause«, erklärte Rocket. Er wusste nicht genau, warum es ihm so wichtig war, Jayme entgegenzufahren. Er hatte sie vermisst; aber das war während der Arbeit ganz normal.

»Pass auf dich auf«, sagte Winnie, als er in Richtung Haustür ging.

»Mache ich.«

Rocket ging zurück zu seinem Wagen und fuhr zu dem kleinen Supermarkt am Ende der Straße. Auf dem Parkplatz standen ein paar Fahrzeuge, darunter auch Winnies alter Buick.

Er stieg aus dem Fahrzeug und ging zum Eingang. Er freute sich darauf, die Überraschung und eventuell auch die Irritation auf Jaymes Gesicht zu sehen, sobald sie ihn entdeckte. Er wusste, wie sehr sie seine Aufmerksamkeiten mochte. Aber selbst er musste zugeben, dass es ein bisschen übertrieben war, ihr zum Supermarkt zu folgen. Zu seiner Verteidigung konnte er nur sagen, dass er sich sehr auf ihre gemeinsame Freizeit freute. Er konnte schon seit Wochen kaum an etwas anderes denken als ihren gemeinsamen Urlaub und war etwas verärgert, dass er aufgrund des Arbeitseinsatzes erst jetzt kommen konnte.

Er dachte an Jaymes Reaktion, sobald sie ihn sehen würde, als er die Tür zum Laden öffnete, und brauchte deshalb einige Sekunden, um zu begreifen, was sich vor seinen Augen abspielte.

Drei Männer, alle in Schwarz gekleidet, drehten sich um und starrten ihn an, als er den Raum betrat. Ein Mann zielte mit einer Pistole auf den Jugendlichen, der an der Kasse stand. Ein anderer stand nahe einer Traube von Kunden in einem der Gänge. Der Dritte befand sich zusammen mit Jayme im hinteren Teil des Ladens in der Nähe der Kühlregale.

Die Männer sahen jung aus, vielleicht gerade Anfang zwanzig. Sie hatten sich Masken über das Gesicht gezogen, trugen aber keine Handschuhe.

»Verdammt«, fluchte einer der Männer.

Rocket bewegte sich, bevor er darüber nachdenken konnte. Er hatte nur eine Person im Sinn. Den Kerl, der bei Jayme stand. Der Mann an der Kasse war ihm zwar näher, aber er verschwendete keinen Gedanken an ihn. Er suchte Schutz hinter einem Tresen und lief auf Jayme zu. Das war eine schlechte Idee. Und er wusste es. Aber er konnte einfach nicht mehr klar denken. Er wollte einfach nur bei der Frau sein, die er über alles liebte.

Er hörte einen Schuss und plötzlich umgaben ihn Schreie. Dann hörte er noch mehr Flüche und das Krachen von Regalen, die umgestoßen wurden. Doch er drehte sich nicht um, um herauszufinden, was passiert war. Seine Aufmerksamkeit galt Jayme.

Er betrat den Gang und starrte den Mann an, der sich in der Nähe von Jayme positioniert hatte. Er hatte sich zu den Kunden umgewandt, die am Eingang des Supermarkts standen und inzwischen laut schrien. So wie es aussah, hatten die Kunden einen der Räuber angegriffen. Plötzlich ging der Alarm los, den der Angestellte wohl ausgelöst hatte. Der dritte Mann schrie: »Zum Teufel damit«, und lief dann in Richtung Ausgang.

Der Raum versank im Chaos. Rocket wollte nicht, dass der Mann in Jaymes Nähe nun die Idee bekam, seine Waffe abzufeuern, um die Situation wieder unter Kontrolle zu bekommen. Und gerade, als sich der Gedanke in seinem Kopf geformt hatte, hob der Mann seine Waffe an.

Rockets Herz hörte fast auf zu schlagen, als der Mann die Waffe auf Jayme richtete. Seine Hand zitterte. Aber bevor Rocket ihn erreichen konnte, ging die Waffe los.

Keine Sekunde später hatte Rocket den Mann erreicht. Sie stießen hart zusammen und die Waffe wurde dem Mann aus der Hand geschlagen und rutschte über den Boden davon. Ohne zu zögern, schlug Rocket auf ihn ein. Einmal, zweimal, dreimal. Der Mann hatte es gewagt, Jayme zu bedrohen. Er hatte auf sie geschossen. Das konnte er nicht durchgehen lassen. Nicht, solange er auf sie aufpasste.

Der Mann versuchte, gegen ihn anzukämpfen, aber er hatte gegen Rockets Größe, Kraft und Wut keine Chance.

»Rocket! Genug! Er liegt doch schon am Boden.«

Die Worte erreichten ihn kaum. Adrenalin sprudelte ihm durch die Adern und er konnte die Angst in Jaymes Augen beim Anblick des Mannes einfach nicht vergessen.

Erst als er eine Hand an seiner Wange spürte, eine Berührung, die ihm fast vertrauter war als er selbst, hielt er inne. Die Hand hatte er noch immer zur Faust geballt erhoben, bereit, weiter auf den Mann einzuprügeln.

»Rocket, mir geht es gut. Den anderen auch.«

Rocket sah auf und erblickte Jayme, die ihn besorgt und alarmiert anschaute.

Ein Schalter wurde umgelegt. Er ließ den Mann bewusstlos auf dem Boden liegen und umarmte Jayme. Sie gab sich der Umarmung hin. Ohne zu zögern. Sie presste sich so eng an ihn, als wollte sie nie wieder loslassen.

Er kniete noch immer auf dem Boden und bei dem Versuch, sich aufzurichten, ohne Jayme loszulassen, plumpste er auf den Hintern.

»Mir geht es gut«, murmelte sie in seine Halsbeuge. »Mir geht es gut.«

Rocket konnte nichts sagen. Er war kaum in der Lage, seine Umgebung wahrzunehmen. Er war von seinen Gefühlen übermannt. Die Situation hätte schrecklich enden können. Seine überstürzte Reaktion hatte Jaymes Leben gefährdet. Aber er hatte sich nicht stoppen können. Er war fast zu spät gekommen. Er hätte sie verlieren können, bevor sie ihr gemeinsames Leben richtig begonnen hatten.

Unbewusst nahm er wahr, dass die Leute um ihn herum sich bewegten. Jemand hatte ein Seil gefunden und fesselte den Mann, den er k. o. geschlagen hatte. Jemand anderes war am Telefon mit der Notrufzentrale. Aber er konnte sich noch immer nicht bewegen. Er war wie gelähmt. Blinzelnd sah er, dass das Glas des Kühlregals in tausend Stücke zerbrochen war, die auf dem Boden um sie herum zerstreut lagen. Eine Frau weinte bitterlich ganz in der Nähe und eine andere Kundin versuchte, sie zu beruhigen. Es herrschte Chaos ... doch er konnte nur hier sitzen und Jaymes Herz an seiner Brust schlagen fühlen. Er hatte sich noch nie in seinem Leben besser gefühlt.

Als er beim Militär diente, hatte er viele brenzlige Situationen durchlebt. Ein paarmal war das Schiff, auf dem er gearbeitet hatte, von Raketenwerfern bedroht worden und lange Stunden des Zitterns und Wartens hatten an seinen Nerven gezerrt. Damals hatte er die Angst schmecken können.

Aber noch nie hatte ihn die Panik so sehr erfasst wie in dieser Situation. Zu sehen, wie Jayme mit einer Waffe bedroht wurde, hatte ihn zutiefst schockiert. Er konnte ohne sie nicht mehr Leben. Nachdem er sie nun endlich gefunden hatte, wusste er ohne den Hauch eines Zweifels, dass er ohne sie komplett aufgeschmissen war. Sie war seine bessere Hälfte und er wusste das nur zu gut.

»Rocket?« Er hörte, wie sie seinen Namen sagte, aber er konnte nur den Kopf schütteln und seinen Kopf wieder in ihrer Halsbeuge vergraben. Ihre dichten Haare kitzelten ihn im Gesicht, aber das störte ihn nicht.

»Du tust mir weh«, flüsterte sie.

Sofort lockerte er seinen Griff und zog sich zurück, um sie anzusehen. Ihre Worte waren die einzigen auf der Welt, die ihn dazu bringen würden, sie loszulassen. Er würde ihr niemals wehtun. Er würde lieber sterben.

Als Erstes fiel ihm auf, dass ihre Pupillen sich zu doppelter Größe geweitet hatten. Ihr Gesicht war blass und sie runzelte die Stirn. Erst dann fiel ihm das Blut auf. Sie hatte eine kleine Kopfverletzung an der Stirn und das Blut lief ihr langsam die Wange hinunter. »Du blutest«, flüsterte er und verstand langsam, dass er unter Schock stand.

Jayme wollte die Hand heben, um das Blut abzuwischen, aber Rocket stoppte sie, bevor sie ihr Gesicht berühren konnte.

»Ist es schlimm?«, fragte sie.

»Nein.« Es war wirklich nicht schlimm, aber selbst der kleinste Bluttropfen auf Jaymes Gesicht machte ihn panisch.

»Ich nehme an, dass mich eine der Glasscherben getroffen haben muss, als das Kühlregal getroffen wurde«, sagte sie sanft.

»Du hast die Kugel nicht abbekommen?«, fragte Rocket, der erst jetzt realisierte, dass er sie zuallererst nach Wunden hätte absuchen sollen.

»Nein. Zumindest glaube ich das nicht.«

Rocket begann sofort, seine Hände über ihren Körper gleiten zu lassen, um nach Schusswunden zu suchen. Doch sie war weder empfindlich noch fand er mehr Blut. Er seufzte erleichtert auf.

»Geht es dir gut?«, fragte sie.

»Mir?«, antwortete er verwirrt.

Sie nahm eine seiner Hände in ihre und hielt sie sanft. »Deine armen Handrücken«, sagte sie.

Rocket war nicht an dem Zustand seiner Hände interessiert. Er würde die Wunden, die er in der Prügelei davongetragen hatte, mit Stolz tragen. Seine Hände waren wegen seiner Arbeit weitaus Schlimmeres gewohnt. Meistens waren sie zusätzlich mit Öl verschmiert.

»Niemand bewegt sich!«, rief eine harsche Stimme aus Richtung der Tür.

Rocket drehte den Kopf und sah einen Polizisten mit gezogener Waffe im Eingang stehen.

Er holte einmal tief Luft und versuchte, die Kontrolle über seinen Körper und Geist wiederzuerlangen. Jayme ging es gut. Und ihm auch. Es würde einige Zeit brauchen, bis die Polizisten den Vorfall rekonstruiert hatten. Dennoch machte er sich wenig Sorgen, dass er wegen seines Angriffs auf den Mann, der noch immer bewusstlos auf dem Boden lag, eine Anzeige bekommen würde.

Jayme war sicher. Nichts anderes zählte.

EPILOG

Erster Weihnachtstag

Jayme erwachte am fünfundzwanzigsten Dezember und seufzte zufrieden. Rocket hatte die Arme eng um sie geschlungen und hatte sie die ganze Nacht gehalten. Sie hatten sich in den letzten beiden Tagen kaum aus den Augen gelassen, was Jayme nicht störte. Ihre Oma hatte auch noch mit den Nachwirkungen des Vorfalls zu kämpfen.

Jayme würde niemals den Blick auf Rockets Gesicht vergessen, als er auf den jungen Mann mit der Waffe zustürmte. Er hatte nichts anderes wahrgenommen als den Mann und wollte mit aller Macht verhindern, dass er ihr etwas antat. Natürlich hätte er nichts tun können, hätte die Kugel sie wirklich getroffen. Aber zum Glück war der Mann kein geübter Schütze und der Schuss ging daneben und traf das Kühlregal hinter ihr.

Als Rocket den Mann bis zur Bewusstlosigkeit schlug, hätte sie das abschrecken sollen. Doch die Gewalt machte ihr weniger aus als die Tatsache, dass Rocket kaum zu stoppen gewesen war.

Sie standen nach dem Überfall beide noch unter Schock und sie wusste, dass es eine Weile dauern würde, bis sie wieder ohne Nervosität in einen Supermarkt gehen konnten. Jayme hatte das Gefühl, dass Rocket sie in naher Zukunft nicht mehr allein in irgendeinen Laden gehen lassen würde. Aber das störte sie nicht. Sie hatte selbst wenig Lust auf einen Einkaufsbummel.

Sie hatten den Heiligen Abend mit ihrer Großmutter verbracht und würden am heutigen Tag noch einmal zu ihr fahren. Ihre Großmutter musste sich immer wieder vergewissern, dass es ihnen wirklich gut ging, und auch Jayme brauchte im Moment ihre Omi um sich.

»Guten Morgen«, sagte Rocket sanft. »Fröhliche Weihnachten.«

»Fröhliche Weihnachten«, erwiderte sie. Sie drehte den Kopf, sodass sie ihn ansehen konnte. Sie sah, wie er erst ihr Gesicht und dann ihre Schultern musterte, als wollte er sich davon überzeugen, dass es ihr wirklich gut ging.

»Wie geht es dir heute Morgen?«, fragte er.

»Mir geht es gut. Und dir? Was machen deine Hände?« Der Anblick seiner Hände mit den aufgeplatzten Knöcheln hatte sie geschockt, aber er hatte nur mit den Schultern gezuckt und gesagt, dass die Wunden bald heilen würden.

»Es geht ihnen gut«, antwortete er und strich eine Haarsträhne hinter ihr Ohr.

Jayme liebte seine Hände. Er hatte zugegeben, dass er sie manchmal nicht mochte, weil sie oft schmutzig und ölverschmiert waren. Die Schwielen an seiner Hand, die er hasste, fühlten sich unbeschreiblich gut auf ihrer Haut an. Sie liebte es, wenn er sie mit seinen großen Händen unter ihrem Hintern hochhob und gegen die Wand oder die Arbeitsfläche drückte.

Und nun wusste sie, dass er seine Hände auch verwenden würde, um sie zu beschützen.

Sie hielt die Hand und küsste den Handrücken sanft, bevor sie sie an ihre Wange legte.

»Ich liebe dich«, sagte Rocket.

»Ich liebe dich auch. Was ist der Plan für heute?«, fragte sie.

»Ich habe Winnie gesagt, dass wir zum Mittag-essen vorbeikommen«, erwiderte Rocket.

Jayme nickte. »Sie sagt zwar, dass sie keine Geschenke will, aber das stimmt nicht.«

»Klingt wie jemand anderes, den ich kenne«, sagte Rocket mit einem Grinsen im Gesicht.

Jayme konnte nur zurücklächeln. Er hatte recht. Sie liebte Geschenke. Egal welche. Rocket könnte eine Gabel in Geschenkpapier wickeln und würde sie damit glücklich machen. Aber nach dem Geschenkeberg zu urteilen, der sich unter ihrem Weihnachtsbaum im Wohnzimmer türmte, hatte er sich richtig Mühe gegeben.

Er drehte sich im Bett um und griff in die Schub-lade des Nachttisches. Dann sah er sie an.

Er hielt eine kleine, samtene Schatulle.

Jayme sah erst die Schatulle, dann ihn an. »Was ist das?«

»Ich schleppe diese Schatulle schon seit Monaten mit mir rum. Ich wollte sie dir unbedingt zum perfekten Zeitpunkt geben. Ich wollte, dass du später deinen Kindern und Enkelkindern eine unglaubliche Geschichte erzählen kannst. Aber nach allem, was passiert ist, will ich nicht länger warten. Deshalb habe ich keine romantische Geste, keine Ballons und keinen Flashmob vorbereitet. Ich bin einfach ein Mann, der dich über alles liebt und der will, dass wir für immer zusammenbleiben.«

Jaymes Herz stotterte, als er die Schatulle öffnete und weitersprach: »Ich habe mein ganzes Leben auf dich gewartet, Jayme Caldwell. Ich liebe dich über alles. Willst du mich heiraten? Willst du mit mir eine Familie gründen? Ich weiß, dass die Zeiten hektisch sind und dass deine Bäckerei in einer Woche eröffnet, aber das Leben ist kurz, wie wir beide feststellen mussten.«

Jaymes Augen füllten sich mit Tränen. »Ich brauche keine romantischen Gesten. Ich brauche nur dich. Natürlich will ich dich heiraten!«

Sie lag zwar schon neben ihm, dennoch schmiss sie sich geradezu in seine Arme und lachte, als er ihre Umarmung erwiderte. Er rollte sie beide herum, sodass sie mit dem Rücken auf der Matratze lag, und Jayme konnte seine Erektion an ihrem Oberschenkel fühlen. Er fummelte an der Schachtel herum und schaffte es, den Ring herauszuholen. Jayme streckte ihm ihre Hand entgegen und er steckte ihr den schönsten Ring an, den sie je gesehen hatte.

Sie drehte ihre Hand, sodass sie den Ring bewundern konnte, den Rocket für sie gekauft hatte. Er war gleichzeitig traditionell und modern.

»Magst du ihn?«, fragte Rocket.

Sie hörte die Unsicherheit in seiner Stimme und nickte deshalb umso enthusiastischer. »Ob ich ihn mag? Das kann mein Gefühl nicht ansatzweise beschreiben. Ich liebe ihn. Das ist der schönste Ring der Welt«, rief sie.

»Ich wollte einen Ring, den du auch bei der Arbeit in der Bäckerei tragen kannst. Deshalb sieht er etwas anders aus als andere Verlobungsringe. Wir können ihn gern umtauschen, wenn du willst.«

»Ich kann mir keinen besseren Ring vorstellen, Rocket. Er ist perfekt.«

Und das war er. Der Ring war aus Platin gefertigt und relativ flach; in das Metall waren mindestens ein halbes Dutzend Diamanten eingelassen, sodass sie nicht über den Ring hinausragten. Selbst wenn er sich beim Backen um ihren Finger drehte, würden die Steine so nicht in den Weg geraten. Die Gefahr, dass die Steine schmutzig wurden, war so auch kleiner und sie musste sich keine Sorgen darüber machen, irgendwo hängenzubleiben. Es war offensichtlich, dass Rocket lange überlegt hatte, welcher Ring sich mit ihrem Beruf vertragen würde. Das machte ihr erneut klar, wie gut dieser Mann sie kannte.

Und plötzlich liefen ihr Tränen über die Wangen.

»Ich hoffe, dass sind Tränen der Freude«, sagte Rocket nervös.

Jayme konnte nur nicken. Sie spürte, wie Rockets Gewicht sanft auf ihr zur Ruhe kam, und vergrub ihre Nase an seinem Hals. Endlich bekam sie ihre Gefühle unter Kontrolle und sah in die wunderschönen braunen Augen des Mannes, den sie über alles liebte. »Nur, damit du es weißt: Dieser Antrag war perfekt.«

Er lächelte und zuckte mit den Schultern. »Wir müssen uns eine gute Geschichte für die Kinder überlegen. Ich bin mir nicht sicher, ob sie die Wahrheit so großartig finden würden. ›Wir lagen beide nackt im Bett, als euer Vater den Antrag machte.‹«

Jayme kicherte. Sie liebte es, wenn Rocket über ihre Kinder sprach. Sie wollte Kinder haben, hatte aber langsam den Glauben daran verloren. Nun konnte sie sich gut vorstellen, von Rocket schwanger zu werden.

»Vielleicht sind sie ja beeindruckt, wenn wir ihnen erzählen, dass wir unsere Eheschließung gleich am Tag nach der Verlobung beantragt haben und die Hochzeit drei Tage später stattfand.«

Jayme dachte noch immer an Rockets Kinder,

deshalb dauerte es eine Sekunde, bis sie seine Worte verstand. »Wie bitte?«

»Das Standesamt hat heute geschlossen, aber ich dachte, wir können morgen dort vorbeigehen und die Papiere unterschreiben. Leider muss man in Texas drei Tage zwischen der Beantragung und der standesamtlichen Hochzeit warten. Aber wie würde der neunundzwanzigste als Jahrestag klingen?«

Jayme war geschockt. Sie blinzelte überrascht. »Ernsthaft?«

»Ja«, sagte Rocket und sah ihr mit großem Ernst in die Augen. »Es war der schlimmste Tag meines Lebens, als ich den Laden betrat und sah, was passierte. Ich wusste, dass ich nicht rechtzeitig bei dir sein konnte, hätte der Mann sich früher entschieden, auf dich zu schießen. Als ich den Schuss hörte, war mein erster Gedanke, dass ich ein Idiot bin und dich viel früher hätte bitten sollen, meine Frau zu werden. Es war ein kleines Wunder, dass du nicht verletzt wurdest, und ich will keine Sekunde länger warten, um unser gemeinsames Leben zu beginnen.«

»Wir wohnen doch schon jetzt zusammen«, sagte Jayme und wusste selbst nicht, warum sie ihm widersprach.

»Ich will, dass du meinen Namen trägst – wenn

du willst. Ich will dich finanziell und auch vor dem Gesetz beschützen können. Ich will, dass du dir nie wieder über irgendetwas Sorgen machen musst. Ich will dich und unsere Kinder, sollten wir welche bekommen, versorgen. Ich werde dich nie verletzen. Ich werde nicht fremdgehen. Du bist alles für mich und ich will nicht länger warten.«

Wie konnte sie sich dieser leidenschaftlichen Rede widersetzen? »Omi will mich zum Altar führen«, warnte sie ihn.

»Natürlich. Sie ist ein integraler Bestandteil unserer Geschichte. Sie war es schließlich, die uns verkuppelt hat. Wir können später immer noch eine große Party feiern, aber im Moment ist mir nur wichtig, dass wir vor dem Gesetz Mann und Frau sind.«

Jayme wusste, dass Rocket die Situation im Supermarkt sehr nahegegangen war, aber erst jetzt verstand sie, wie sehr. »Ich brauche keine teure, große Hochzeit. Ich brauche nur dich.«

»Wir könnten deine Eltern einladen«, begann er, aber Jayme schüttelte den Kopf und legte ihm einen Finger an die Lippen.

»Sie werden es verstehen. Meine Mutter ist bestimmt ganz außer sich vor Freude, wenn sie erfährt, dass du es nicht abwarten konntest, mich zu heiraten. Wir sollten schon eine kleine Feier abhalten, sodass sie dabei sein können, aber ich glaube nicht, dass sie ein Problem damit haben, die eigentliche Hochzeit zu verpassen. Ich glaube, sie werden sich einfach freuen, dass ich nicht länger eine ›alte Jungfer‹ bin.«

»Du bist doch nicht alt!«, protestierte Rocket. »Also glaubst du, dass sie kein Problem damit haben, wenn wir schon diese Woche Nägel mit Köpfen machen?«

»Ich glaube nicht. Ich liebe dich, Rocket. Du hattest sicher Angst um mich in diesem Supermarkt, aber auch ich habe mir schreckliche Sorgen gemacht. Dass du einfach so in die Situation hineingestürmt bist, hätte dazu führen können, dass sie auf dich schießen. Ich glaube, dass sie einfach gegangen wären, sobald sie das Geld bekommen haben. Du hast sie erschreckt und dann hat diese Frau einen von ihnen angegriffen. Ich konnte nur daran denken, wie furchtbar es wäre, wenn einer von ihnen dich töten würde. Als du auf mich zugelaufen bist, sah ich mein Leben an mir vorbeiziehen. Ich würde dich auch morgen heiraten, wenn es möglich wäre. Und natürlich nehme ich deinen Namen an. Ich liebe den Gedanken daran, dass ich in Zukunft Jayme Long heißen werde.«

»Du bist das beste Weihnachtsgeschenk, das ich je bekommen habe«, sagte Rocket mit Nachdruck.

»Das geht mir mit dir genauso«, erwiderte Jayme.

»Ich weiß, dass du am liebsten sofort nach unten gehen und die Geschenke öffnen würdest, die du schon seit Tagen so neidisch beäugst und die ich bis jetzt so gut bewacht habe ... aber vielleicht kann ich dich überzeugen, noch eine Stunde oder so zu warten?«, fragte Rocket und begann, mit einer ihrer Brustwarzen zu spielen.

Sofort wurde Jayme feucht. »Ich weiß nicht ...«, neckte sie. »Was hast du dir denn überlegt?«

»Ich brauche nur ein kleines Frühstück«, sagte Rocket, während er langsam an ihrem Körper hinabglitt und die Bettdecke zur Seite schob.

Jayme lächelte glücklich und spreizte die Beine, um ihm Platz zu machen. Der Mann war ein wahrer Künstler mit seinem Mund. »Ich nehme an, ich kann noch ein bisschen warten«, sagte sie und seufzte gespielt dramatisch auf, während er ihre Schamlippen vorsichtig zur Seite schob und sanft auf ihre Klitoris blies.

»Wie nett von dir«, sagte Rocket noch, bevor er abtauchte.

Es dauerte länger als eine Stunde, bevor sie schließlich aus dem Bett kletterten und sich anzogen. Dann gingen sie die Treppe ins Wohnzimmer hinunter, um ihr erstes gemeinsames Weihnachten zu erleben. Zu ihrer Verabredung mit Winnie kamen sie zu spät. Nachdem Jayme ihre Geschenke geöffnet und herausgefunden hatte, wie großzügig ihr Verlobter tatsächlich war, musste sie ihm ihre Dankbarkeit sofort demonstrieren – auf dem Wohnzimmerboden unter den Lichtern des Weihnachtsbaums.

Vierzehn Monate später

Rocket drückte Jaymes Hand, als sie aufschrie und mit aller Kraft presste.

»Gut machen Sie das. Sie haben es fast geschafft«, rief die Ärztin ermunternd.

Rocket wollte die Ärztin am liebsten verprügeln. Sie sagte seit Stunden das Gleiche.

Er hatte sich so gefreut, als er erfahren hatte, dass Jayme schwanger war. Aber nun, da er miterlebte, wie schwer die Geburt war und wie viel Schmerzen Jayme schon seit Stunden ertragen musste, schwor er sich, sie nie wieder in diese Situation zu bringen. Ein Kind war mehr als genug.

»Ich kann seinen Kopf sehen«, sagte die Ärztin. »Der Daddy kann gern zu mir kommen und sich bereit machen.«

Rocket nahm seine Hand nur ungern aus Jaymes und positionierte sich neben der Ärztin. Nachdem die erste Hälfte der Geburt unglaublich lange gedauert hatte, brauchte die nächste Phase wenig Zeit. Ein kleines, schleimiges Baby flutschte aus dem Körper seiner Frau und er schnitt die Nabelschnur so durch, wie die Ärztin es ihm gezeigt hatte. Dann legten die Schwestern seinen Sohn auf die Waage und regten ihn mit liebevollen Klapsen an, bevor sie ihn in ein Tuch wickelten.

Rocket ging zurück zu Jayme und wischte ihr die Stirn ab, während der Arzt noch zwischen ihren Beinen beschäftigt war.

»Wie geht es ihm?«, fragte Jayme nervös. »Ist alles in Ordnung?«

Bevor Rocket sie beruhigen konnte, ertönte ein lauter, genervter Schrei – die erste Äußerung ihres frisch geborenen Sohnes.

Jayme lächelte Rocket erschöpft an.

»Es geht ihm gut«, versicherte Rocket ihr über-flüssigerweise. »Und er ist wunderschön. Ich liebe dich so sehr.«

Die Schwester brachte Jayme ihren Sohn. Sie

legte ihn auf Jaymes Brust, sodass sie ganz nahe beieinander lagen; Jayme sah auf ihn hinunter und begann fast sofort zu weinen. »Er ist perfekt.«

Rocket konnte nichts erwidern. Natürlich war ihr Sohn perfekt. Absolut perfekt. Er wäre ihm auch egal gewesen, wenn es nicht so wäre. Er war ihr Kind. Und das machte ihn perfekt. Rocket war nie glücklicher gewesen.

Das Leben war im letzten Jahr nicht ganz einfach gewesen. *Warm Delights* war nicht sofort erfolgreich gewesen. Während der ersten sechs Monate ging es nur schleppend voran und die Leute schienen nichts über die neue Bäckerei zu wissen. Doch langsam hatte sich der Kundenstrom vergrößert und Jayme hatte die ersten Gewinne eingefahren.

Rocket hatte von seinem Arbeitgeber ein Angebot für einen sechsmonatigen Auslandsaufenthalt angeboten bekommen. Das hätte bedeutet, dass sich sein Gehalt verdoppelt. Aber er hatte erst kurz zuvor herausgefunden, dass Jayme schwanger war, und er wollte keine Sekunde davon verpassen. Deshalb hatte er das Angebot abgelehnt – und zwar, ohne mit Jayme darüber zu reden.

Jayme war eine Woche lang richtig sauer gewesen, nachdem sie davon erfahren hatte. Erst dann hatten sie sich zusammengesetzt und die Sache ausdiskutiert. Sie war wütend gewesen, weil er so eine große Entscheidung getroffen hatte, ohne sie zu konsultieren. Rocket fiel es schwer, ihre Aufregung zu verstehen, weil sie in dieser Sache beide einer Meinung waren – auch sie wollte, dass er im Land blieb. Aber sie hatten diesen Streit überstanden und er hatte ihre Beziehung nur noch stärker gemacht.

»Willkommen in der Familie, Connor Rocket Long«, flüsterte Jayme.

Rocket bekam einen trockenen Hals und seine Augen füllten sich mit Tränen. Sie hatten in den letzten Monaten hitzig über den Namen ihres Sohnes diskutiert. Jayme wollte ihn Rocket nennen, aber Rocket wollte nicht, dass sein Sohn demselben Spott ausgesetzt war wie er als Kind. Er hatte das eine oder andere aushalten müssen. Er wollte, dass sein Sohn einen netten, normalen Namen bekam, der niemandem Anlass für schlechte Scherze bot. Er würde vielleicht für andere Sachen in die Mangel genommen, aber zumindest nicht für etwas, das Rocket leicht verhindern konnte.

Am Ende hatte Jayme eingelenkt, aber sie wollte ihrem Sohn unbedingt etwas von ihrem Vater geben, dem Mann, den sie über alles liebte. Deshalb hatten sie sich auf »Rocket« als zweiten Vornamen geeinigt.

Ihr Sohn gähnte, öffnete den Mund weit und

quietschte, bevor er seine Augen zudrückte und seufzte.

»Vielen Dank«, flüsterte Rocket.

»Ich glaube, dass das mein Text ist«, flüsterte Jayme zurück, die ihren Sohn nicht wecken wollte.

»Nein. Vielen Dank, dass du mir eine Chance gegeben hast. Vielen Dank, dass du mich liebst. Vielen Dank, dass du mir vertraust. Vielen Dank, dass du Kinder mit mir wolltest. Und ... danke, dass du dein Leben mit mir teilst.«

Nun musste Jayme wirklich weinen. »Für dich immer«, sagte sie mit Tränen in den Augen.

Hätte ihm jemand vor zwei Jahren erzählen wollen, dass er heute verheiratet und Vater sein würde, hätte er nur müde mit den Augen gerollt und die Person für verrückt erklärt. Er hatte vierzig Jahre eines Lebens damit verbracht, nach »der Einen« zu suchen, und hatte die Hoffnung schon lange aufgegeben. Aber hier war sie.

Hier waren sie beide.

»Na dann mal los, Herr Papa, wir müssen schauen, dass wir Ihrer Frau und dem kleinen Connor einen ruhigen Raum auf der Station besorgen, damit die beiden sich etwas ausruhen können«, sagte die Schwester.

Rocket stellte sich gerade hin und ergriff Jaymes Hand, als sie ihr Connor aus dem Arm nahmen.

»Sie werden ihn zurückbringen«, sagte Jayme mit einem kleinen Kichern. Als ihre Blicke sich trafen, erklärte sie: »Du hast ihn angeschaut, als würdest du ihn nie wiedersehen.«

»Es ist nur ... er ist ein kleines Wunder und ich kann nicht aufhören, ihn zu betrachten.«

»Du wirst in den nächsten achtzehn Jahren genügend Zeit haben, ihn anzuschauen«, sagte sie trocken und gähnte fast so ausgiebig wie ihr Sohn vor ein paar Minuten.

Rocket musste sich zusammenreißen. Jayme hatte eine lange, schwere Geburt überstanden. Sie brauchte Schlaf, etwas zu essen und vor allem seine volle Aufmerksamkeit. Sobald sie aufs Zimmer zurückgekehrt waren, würde er ihr helfen, das Nachthemd anzuziehen, das sie von Zuhause mitgebracht hatten. Sie würde auch die weiche Decke wollen, die sie ebenfalls eingepackt hatten. Und dann gab es da noch Winnie. Sie würde ihre Enkelin und ihren neugeborenen Urenkel so bald wie möglich besuchen wollen.

»Warum lächelst du so geheimnisvoll?«, fragte Jayme.

»Ich dachte nur daran, was Winnie wohl sagen wird, wenn sie Connor das erste Mal sieht.«

Ehemann und Ehefrau lächelten sich zu. Winnie war für ihre zweiundneunzig Jahre noch immer erstaunlich fit und manchmal hatten die beiden das Gefühl gehabt, dass sie sich mehr auf das Kind freute, als sie es taten.

»Rocket?«, fragte Jayme.

»Ja?«

»Ich liebe dich.«

»Ich liebe dich auch, Schatz«, antwortete Rocket. Das Leben war schön. Und er war ein Mann, der verdammt viel Glück gehabt hatte – das wusste er zu schätzen.

Fünf Jahre später

»Connor! Hör auf, deine Schwester zu ärgern!«, rief Jayme aus der Küche. Sie machte gerade das Abendessen fertig und Rocket konnte anhand ihrer Tonlage hören, dass sie kurz vor dem Verzweifeln war.

Kinder waren klasse, aber eben auch ein durchaus anstrengender Zeitvertreib. Kayleigh hatte fast genau ein Jahr nach Connor das Licht der Welt erblickt. Sie hatten eigentlich nicht vorgehabt, so schnell nach dem ersten Kind ein zweites in Angriff zu nehmen, aber nachdem Jayme wieder Sex haben durfte, waren sie anfangs zu unvorsichtig gewesen.

Sie hatten während der Schwangerschaft mit Kayleigh darüber gesprochen und letzten Endes gemeinsam entschieden, dass Rocket sich sterilisieren lassen würde. Er wollte seine Frau nicht noch mehr Stress und Druck zumuten und nachdem sie sich geeinigt hatten, dass zwei Kinder die Familie perfekt machen würden, hatte Rocket eingewilligt.

Nun konnten sie miteinander schlafen, ohne dass etwas passieren konnte. Er konnte seine Frau so lieben, wie er es wollte. Aber das war natürlich einfacher gesagt als getan. Mit zwei Kindern im Haus war Leben in der Bude. Zum Glück hatten sie bis jetzt immer die Zeit gefunden, ihre eigene Beziehung zu pflegen – psychisch und physisch.

Connor war ein aufgeweckter Fünfjähriger, der nach seinem Vater kam. Er war ein großes Kind und die Ärzte waren sich sicher, dass er auch als Erwachsener zu den Größeren zählen würde. Das überraschte Rocket nicht, schließlich war er selbst einen Meter dreiundneunzig groß. Connor war manchmal noch mit seiner eigenen Stärke überfordert, aber sie arbeiteten daran. Wichtig war es Rocket von Anfang an gewesen, seinem Sohn beizubringen, dass er auf die aufpassen musste, die kleiner und schwächer als er waren. Er wollte nicht, dass sein Sohn zum Tyrannen heranwuchs. Davon gab es auf der Welt schon mehr als genug.

Und dann kam Kayleigh. Sie war klein, wie ihre Mutter, und brachte Rocket jedes Mal zum Lächeln, wenn er sie ansah. Sie hatte wunderschönes, dichtes Haar, welches die meiste Zeit wild in alle Richtungen stand. Mit ihren blauen Augen konnte sie ihn genauso leicht überreden wie ihre Mutter. Jayme warf ihm vor, dass er ihre Tochter zu sehr verwöhnte, aber das kümmerte ihn nicht. Das war schließlich sein Job als Vater.

Aber Kayleigh war nicht immer ein Unschuldsengel. Sie konnte genauso laut und unbeherrscht werden wie ihr älterer Bruder. Allerdings war es Connor, der es liebte, Stunden mit seiner Mutter in der Küche zu verbringen und mit ihr zu backen. Kayleigh verbrachte die Zeit lieber in der Garage bei ihrem Vater, der ihr die Namen der verschiedenen Werkzeuge erklärte und verzweifelt versuchte, das Öl von ihren kleinen Händen fernzuhalten.

»Kinder!«, rief Rocket. »Kommt mal her!«

Sein Sohn und seine Tochter liefen auf ihn zu

und schmissen sich in seinen Schoß; sie kämpften darum, wer welches Knie bekommen würde.

»Beruhigt euch und ich erzähle euch eine Geschichte«, sagte Rocket zu ihnen.

»Erzähl uns von eurer Hochzeit!«, verlangte Connor.

Rocket seufzte. »Bist du sicher? Die Geschichte habe ich sicher schon hunderttausendmal erzählt«, sagte Rocket.

»Ist doch egal, sie wollen sie hören«, warf Winnie von ihrem Schaukelstuhl aus ein.

Vor anderthalb Jahren war Winnie zu ihnen gezogen. Sie wollte ihr eigenes Haus zwar nicht verlassen, aber es war an der Zeit gewesen. Ihr war es immer schwerer gefallen, sich um sich selbst zu kümmern, und sie brauchte vermehrt Hilfe. Weder Rocket noch Jayme hätten damit leben können, sie in ein Altenheim zu bringen. Deshalb war Winnie für ihr restliches Leben zu ihnen gezogen. Um sie herum wuselten nun also zwei berufstätige Erwachsene und zwei kleine Kinder.

»Okay, also, eure Mom und ich haben uns am Weihnachtstag verlobt. Ich habe ihr einen wunderschönen Ring geschenkt, den sie noch heute trägt, und schon am nächsten Tag sind wir zum Standesamt gegangen, um die ganzen Papiere auszufüllen.«

Connor und Kayleigh hörten gebannt zu, was Rocket amüsierte – sie hatten die Geschichte schon so oft erzählt bekommen.

»Als es drei Tage später endlich so weit war, sind wir zusammen mit Omi zum Standesamt gefahren. Sie wollte eure Mutter unbedingt zum Altar bringen, weil sie es war, die uns einander vorgestellt hatte. Aber als wir dort ankamen, was das alles gar nicht so einfach. Anscheinend hatten eine ganze Menge Paare die Idee gehabt, über Weihnachten zu heiraten, und wir mussten immer länger warten. Das Standesamt sollte bald schließen und wir hatten Angst, dass wir an dem Tag nicht mehr heiraten konnten. Das wäre sehr schade gewesen, weil wir uns so darauf gefreut hatten.

Und als wir die Hoffnung schon aufgegeben hatten, wurden unsere Namen aufgerufen. Wir drei standen auf und gingen in das Zimmer. Wir hatten erwartet, dass das Standesamt einen schönen, dekorierten Raum für die Zeremonie bereitstellen würde, aber stattdessen führte man uns zu einem einfachen Schreibtisch in einem Großraumbüro. Einen Altar gab es nicht, aber eure Uroma ließ sich nicht abschrecken. Sie griff nach Moms Hand und zog sie von mir weg. Sie ordnete mir an, mich ein paar Meter vor ihnen zu platzieren und nach vorn zu schauen.

Ich habe versucht, nicht zu lachen, aber das war gar nicht so einfach. Also machte ich ein paar Schritte von den beiden weg und sah in die andere Richtung. Dann hob Omi den Kopf und schritt mit Jayme am Arm langsam auf mich zu. Bei mir angekommen legte sie Moms Hand in meine und sagte: ›Jetzt. So gehört sich das.‹

Eure Mom und ich mussten uns sehr zusammenreißen, um nicht laut loszulachen, aber als der Standesbeamte zu sprechen begann, konnten wir uns kaum zurückhalten. Er redete davon ›wie wir uns heute hier versammelt haben‹, obwohl nur wir drei, der Standesbeamte und zwei seiner Kollegen als Zeugen da waren. Einmal angefangen zu lachen konnten wir nicht mehr aufhören. Der Standesbeamte ließ sich davon nicht beeindrucken, er redete einfach weiter. Als wir bei dem Ehegelübde angekommen waren, konnte ich kaum ›Ich will‹ herauspressen; dabei hatten wir solch wunderschöne Texte füreinander geschrieben.«

Connor und Kayleigh mussten nun beide kichern. Rocket sah, wie Jayme in der Küchentür stand und sie alle mit einem breiten Lächeln auf dem Gesicht beobachtete.

»Aber dann habt ihr noch mal geheiratet!«, platzte Connor dazwischen.

»Das stimmt. Wir haben offiziell am neunundzwanzigsten Dezember geheiratet, aber drei Monate später haben wir eine große Party gefeiert, hier im Garten. Diesmal konnten wir auch unsere richtigen Ehegelübde aufsagen, ohne Zwischenfall. Und einen Altar gab es auch, zu dem Omi eure Mom führen konnte.«

»Es war eine riesengroße Party«, warf Kayleigh ein. »Du hast alle deine Freunde vom Stützpunkt eingeladen und Mom hat ganz, ganz viele Kekse gebacken.«

»Das stimmt. Oma und Opa waren da, und auch meine Mom und mein Dad.«

Rocket liebte es, dass seine Kinder ihre Hochzeitsgeschichte immer wieder hören wollten. Er warf Jayme am anderen Ende des Raumes einen Blick zu. Ihre Hochzeit war ganz anders verlaufen, als sie es sich vorgestellt hatten. Aber die Geschichte dieses Tages führte immer wieder zu Erheiterung und in seinen Augen war sie damit ein Geschenk.

»Abendessen ist fertig«, rief Jayme nun.

Connor und Kayleigh hüpften von seinem Schoß

und stürmten zum Esstisch davon. Sie schafften es nicht jeden Abend, gemeinsam zu essen, versuchten aber, das Ritual beizubehalten.

Rocket stand auf und half Winnie auf die Beine. Sobald sie am Tisch saß, ging er zu Jayme in die Küche. Er stahl einen Kuss von seiner Frau. »Vielen Dank für das Abendessen.«

Er sah ihre Arbeit im Haus nie als selbstverständlich an. Sie tat ihr Bestes, abends pünktlich nach Hause zu kommen, und vergaß nie, was er ihr einmal gesagt hatte. Er liebte es, nach Hause zu kommen, wenn der Geruch des Abendessens schon in der Luft hing.

»Sehr gern«, erwiderte Jayme.

Dann lehnte Rocket sich zu ihr hinunter und liebkoste ihren Hals. Er konnte nicht genug von dem kleinen, leisen Stöhnen seiner Frau bekommen; und davon, wie sie sich an ihm festhielt. »Ich zeige dir heute Abend, wie dankbar ich bin.«

Sie zog zischend die Luft ein und er musste lächeln.

»Mom! Hunger!«, rief Kayleigh vom Tisch.

»Deine Kinder sind hungrig«, sagte Jayme und reichte ihm zwei der Teller, die sie schon angerichtet hatte.

Grinsend nahm Rocket sie entgegen. Doch bevor

er sich auf den Weg zum Tisch machte, um die beiden Monster zu füttern, küsste er Jayme sanft auf die Stirn. Sie waren seit mehr als sechs Jahren verheiratet und er liebte sie heute mehr als an dem Tag, an dem er ihr den Ring angesteckt hatte.

Er wusste nicht, was die nächsten sechs Jahre für die bereithielten, aber er konnte nicht erwarten, es herauszufinden.

Zwanzig Jahre später

»Fröhliche Weihnachten«, sagte Rocket zu Jayme und übergab ihr eine kleine Schachtel. Das war ihre Tradition geworden seit dem ersten Weihnachten, das sie miteinander verbracht hatten. Sie wachten am Weihnachtsmorgen auf und er gab ihr ihr Geschenk.

»Du verwöhnst mich zu sehr«, sagte sie sanft.

»Stimmt«, nickte Rocket.

Er sah zu, wie sie die lange Schachtel öffnete und dann vor Freude aufschrie, als sie das Messer darin sah.

»Du hast mir das Messerset gekauft, das ich unbedingt wollte«, rief sie.

»Nein. Nur eins. Diese Teile sind echt teuer«, sagte Rocket und versuchte, dabei ernst zu bleiben.

Jayme schüttelte den Kopf und lachte. »Sicher nicht. Du würdest mir nicht nur ein Messer kaufen. Ich kenne dich doch.«

Das tat sie. Rocket küsste sie. »Der Rest ist unten und wartet darauf, geöffnet zu werden. Und nur, damit du es weißt: Du bist die einzige Frau, der ich eine Auswahl scharfer Schneidwerkzeuge schenken würde.«

Jayme kicherte. »Tja, bis jetzt habe ich dich noch nicht umgebracht, also bist du wohl relativ sicher.« Sie legte das Messer zurück in die Schachtel und kuschelte sich an ihn. »Erinnerst du dich daran, wie die Kinder klein waren und wir unseren Wecker auf drei Uhr morgens stellen mussten, damit wir unseren Moment zusammen genießen konnten, bevor sie wach wurden?«

Rocket nickte. »Ja. Die beiden hatten ein richtig gutes Gespür dafür, uns in aller Herrgottsfrühe aufzuwecken und im Bett herumzuturnen.«

Sie waren beide für einen Moment still und dann sagte Jayme: »Ich vermisse diese Zeit.«

»Als sie dann Teenager waren, haben wir sie kaum mehr aus dem Bett bekommen. Ich erinnere mich, dass wir sie wecken mussten, damit sie rechtzeitig zur Schule kamen.«

»Stimmt. Aber die Arbeit hat sich gelohnt, nicht wahr?«, fragte Jayme.

Das hatte sie. Conner hatte die Liebe seiner Mutter für das Kochen und Backen geerbt und eine Kochausbildung absolviert. Er arbeitete in einem Sternerestaurant in Dallas und überlegte, eines Tages sein eigenes Restaurant aufzumachen. Rocket war anfangs etwas enttäuscht gewesen, dass Connor kein Interesse daran hatte, Jaymes Bäckerei zu übernehmen, aber Jayme hatte ihm erklärt, dass sie kein Problem damit hatte, dass Connor seinen eigenen Weg ging. Sie hatte schlussendlich beschlossen, *Warm Delights* zu verkaufen, und war froh, dass sich ein guter Käufer gefunden hatte.

Kayleigh war in Rockets Fußstapfen getreten; und zwar wortwörtlich. Sie hatte eine Ausbildung zur Mechatronikerin abgeschlossen und arbeitete nun bei dem Dienstleister, für den auch Rocket jahrelang gearbeitet hatte. Sie hatte eine Stelle auf dem Stützpunkt Bragg in Kalifornien bekommen. Für die Weihnachtsfeiertage waren beide Kinder zu Hause.

»Du bist großartig«, sagte Rocket, seine Stimme voller Stolz.

Jayme sah zur Uhr an der Wand. »Es ist sieben. Sollen wir die Kinder aufwecken?«

Rocket tat so, als müsste er über den Vorschlag nachdenken, bevor er den Kopf schüttelte. »Wir haben noch mindestens zwei Stunden unsere Ruhe. Ich habe eine viel bessere Idee, als unsere Kinder zu drangsalieren.«

»Ach ja?«, fragte Jayme. »Ich könnte noch ein bisschen Schlaf vertragen.«

Über die Jahre war die körperliche Anziehung, die sie zueinander verspürten, zwar nicht kleiner geworden, aber inzwischen brauchten und wollten sie nicht mehr jede Nacht miteinander schlafen. Oft waren sie beide zufrieden, solange sie sich umarmen und miteinander kuscheln konnten. Aber hin und wieder überkam es sie. So wie jetzt.

Rocket griff nach dem Saum des Nachthemds, das Jayme trug, und bahnte sich einen Weg darunter. »Das nennst du also Schlaf?«

Sie presste sich gegen seine Berührung. »Okay, vielleicht bin ich doch nicht ganz so müde«, neckte sie.

Rocket grinste und glitt an ihrem Körper hinab. Dann entledigte er sie ihrer Unterwäsche. Er war vielleicht Mitte sechzig, aber er konnte einfach nicht genug von seiner Frau kriegen. Er liebte ihren

Geschmack, wie sie seinen Bewegungen folgte und wie sie seinen Namen rief, wenn sie kam. Rocket liebte alles an Jayme.

Zwei Stunden später, nachdem sie die Kinder aufgeweckt hatten und Jayme ihnen allen einen riesigen Stapel Pfannkuchen serviert hatte, sah Rocket dabei zu, wie seine Familie die Geschenke auspackte.

»Hast du alles bekommen, was du wolltest?«, fragte Jayme, nachdem alle Geschenke ihren neuen Besitzer gefunden hatten. Überall lag Geschenkpapier verstreut und das Haus war ein einziges Chaos.

Rocket drehte sich zu seiner Frau und küsste sie auf die Stirn, während er sie an seine Seite drückte. »Ich habe alles, was ich will, seit du mir vor sechsundzwanzig Jahren das Jawort gegeben hast«, sagte er ihr ehrlich.

Manchmal hatte Rocket noch Flashbacks, in denen er sich an den Tag erinnerte, an dem seine Frau von einer Waffe bedroht wurde. Aber sie hatten beide Glück gehabt und waren mit dem Leben davongekommen. Er konnte sich nicht vorstellen, wie das Leben ohne Connor und Kayleigh ausgesehen hätte. Konnte sich nicht vorstellen, ein Leben ohne Jayme zu leben.

»Ich liebe dich«, sagte Jayme.

»Ich liebe dich auch«, erwiderte Rocket.

Ihr Leben war eine Achterbahn, aber er wollte nichts daran ändern. Überhaupt nichts.

Holen Sie sich jetzt Buch 5 von Delta Team Zwei, *Ein Held für Riley*!

BÜCHER VON SUSAN STOKER

Delta Team Zwei

Ein Held für Gillian

Ein Held für Kinley

Ein Held für Aspen

Ein Held für Jayme

Ein Held für Riley

Ein Held für Devyn

Ein Held für Ember

Ein Held für Sierra

Die Delta Force Heroes:

Die Rettung von Rayne

Die Rettung von Emily

Die Rettung von Harley

Die Hochzeit von Emily

Die Rettung von Kassie

Die Rettung von Bryn

Die Rettung von Casey

Die Rettung von Wendy

Die Rettung von Sadie

Die Rettung von Mary

Die Rettung von Macie

Die Rettung von Annie (8 Feb 2022)

Mountain Mercenaries:

Die Befreiung von Allye

Die Befreiung von Chloe

Die Befreiung von Morgan

Die Befreiung von Harlow

Die Befreiung von Everly (1 Nov 2022)

Die Befreiung von Zara (1 Feb 2022)

Die Befreiung von Raven (1 Apr 2022)

Ace Security Reihe:

Anspruch auf Grace

Anspruch auf Alexis

Anspruch auf Bailey

Anspruch auf Felicity

Anspruch auf Sarah

SEALs of Protection:

Schutz für Caroline

Schutz für Alabama

Schutz für Fiona

Die Hochzeit von Caroline

Schutz für Summer

Schutz für Cheyenne

Schutz für Jessyka

Schutz für Julie

Schutz für Melody

Schutz für die Zukunft

Schutz für Kiera

Schutz für Alabamas Kinder

Schutz für Dakota

Die SEALs von Hawaii:

Die Suche nach Elodie

Die Suche nach Lexie

Die Suche nach Kenna

Die Suche nach Monica (10 Mai 2022)

Die Suche nach Carly

Die Suche nach Ashlyn

Die Suche nach Jodelle

BIOGRAFIE

Susan Stoker ist die New York Times, USA Today und Wall Street Journal Bestsellerautorin der Buchreihen »Badge of Honor: Texas Heroes«, »SEAL of Protection«, »Die Delta Force Heroes« und einigen mehr. Stoker ist mit einem pensionierten Unteroffizier der US-Armee verheiratet und hat in ihrem Leben schon überall in den Vereinigten Staaten gelebt – von Missouri über Kalifornien bis hin zu Colorado. Zurzeit nennt sie die Region unter dem großen Himmel von Tennessee ihr Zuhause. Sie glaubt ganz und gar an Happy Ends und hat großen Spaß daran, Geschichten zu schreiben, in denen Romantik zu Liebe wird.

Besuchen Sie Susan im Netz!

www.stokeraces.com

facebook.com/authorsusanstoker

twitter.com/Susan_Stoker

bookbub.com/authors/susan-stoker

instagram.com/authorsusanstoker

Email: Susan@StokerAces.com